ALCIDE GENTY

LA SUITE

DE

DON JUAN

Que si les gens graves désiraient de moi
quelque ouvrage moins frivole, je suis en
état de les satisfaire. Il y a trente ans que
je travaille à un livre de douze pages, qui
doit contenir tout ce que nous savons sur
la métaphysique, la politique et la morale,
et tout ce que de grands auteurs ont oublié
dans les volumes qu'ils ont donnés sur ces
sciences-là.

MONTESQUIEU.

PARIS

LIBRAIRIE DE J. HETZEL

18, RUE JACOB, 18

LA SUITE

DE

DON JUAN

PARIS. — IMPRIMERIE L. POUPART-DAVYL, RUE DU BAC, 30.

ALCIDE GENTY

LA SUITE

DE

DON JUAN

> Que si les gens graves désiraient de mo
> quelque ouvrage moins frivole, je suis en
> état de les satisfaire. Il y a trente ans que
> je travaille à un livre de douze pages, qui
> doit contenir tout ce que nous savons sur
> la métaphysique, la politique et la morale,
> et tout ce que le grands auteurs ont oublié
> dans les volumes qu'ils ont donnés sur ces
> sciences-là.
>
> MONTESQUIEU.

PARIS

J. HETZEL, LIBRAIRE-ÉDITEUR

18, RUE JACOB, 18

1866

LA SUITE DE DON JUAN

CHANT I

La Muse a fait son temps : le monde se rit d'elle,
Quand il voit sa figure ou qu'il entend sa voix ;
Le classique Pégase est une haridelle ;
Le poëte, ennuyé de souffler dans ses doigts,
Aune du calicot ou mesure du bois ;
Homère, s'il vivait, fondrait de la chandelle.

On vous lisait, du moins, dans le siècle passé,
Auteurs secs et guindés, rimailleurs à la glace ;
Le public faisait queue aux abords du Parnasse ;
Pour un quatrain modeste on vous eût embrassé.
Près de monsieur Dorat, comme lui compassé,
Monsieur Maillard avait une petite place (1).

Autre temps, autre goût. Au veau d'or triomphant
Chacun dresse un autel au fond d'une boutique ;
On arrondit son bien ; on compte son argent ;
A la place du cœur on met l'arithmétique.
Les lecteurs sont partis ; on cherche la pratique.
Riche, on sera toujours assez intelligent.

Eh bien ! dût-on me rire au nez ; dût ma portière,
En tirant son cordon, me traiter de vieux fou ;
Dussent trente censeurs, sortis je ne sais d'où,
Battre mon hippogriffe à grands coups d'étrivière ;
Dussé-je trébucher et rouler dans l'ornière
Où tant d'autres déjà se sont cassé le cou,

Je vous offre un asile, ô Muses éperdues !
Car vous avez des droits à l'hospitalité.
J'aime les dieux tombés et les causes perdues.
Accordez sous mon toit votre luth insulté.
Vous me rappellerez d'autres voix entendues
Aux jours de ma jeunesse et de ma liberté.

On ne vit pas de pain seulement et de viande.
Croupir dans la matière est une lâcheté.

Que l'âme soit passée à l'état de légende,
On ne le croira point; mais c'est la vérité;
Et, quand je songe à toi, souvent je me demande
Ce que tu penseras de nous, Postérité !

Comme je me sentais peu de goût pour Barême,
Sans compter toutefois sur nos derniers neveux,
Je m'étais dit : Courage! Écrivons un poëme
Instructif, amusant, méthodique et nerveux;
De l'*utile dulci* résolvons le problème.
Mais, hélas!... Mais, hélas! je suis si paresseux !

Poëte et paresseux, n'est-ce pas synonyme?
J'en ai peur; et pourtant, je ne sais quel démon
Me souffle une épithète, une idée, une rime.
Le moyen de dormir et de répondre : Non !
Je vais donc, tour à tour plaisant, simple ou sublime,
Continuer Don Juan commencé par Byron.

— Continuer Don Juan! Voyez donc! Quelle audace!
S'attaquer à Byron! Vraiment, c'est inouï!
Si vous vous contentiez de traduire Boccace,
Je vous approuverais ; mais, sans être ébloui,

Contempler un soleil devant qui tout s'efface !
Aborder ce géant ! L'osez-vous? — Mon Dieu, oui.

Ne croyez pas, au moins, qu'un séduisant mirage
Me montre d'acheteurs mon libraire assailli ;
Que d'un triomphe sûr je sois enorgueilli.
Comme feu Régulus retournant à Carthage,
Je devine aisément quel sera mon partage :
Il allait à la mort, et je vais à l'oubli.

Debemur monti nos nostraque, dit Horace.
Tôt ou tard, nous voyons l'oubli nous enterrer.
Mais si vous me lisez sans faire la grimace,
O ravissants bas-bleus, trop prompts à censurer,
Ce sera beaucoup plus que je n'ose espérer,
Pour parler comme on parle au bas d'une préface.

— Vous souvient-il encor de ce charmant lutin (2)
A la taille de guêpe, à l'œil vif et mutin,
Tout constellé de fleurs et tout parfumé d'ambre,
Cachant sous un froc noir sa robe de satin,
Qu'un soir qu'il s'ennuyait, un dimanche, en septembre.
Don Juan trouva rôdant à deux pas de sa chambre ?

Vauvenargues, Charron, Montaigne, *et cætera*,
Soutiendraient que Sa Grâce agit en étourdie.
La démarche, sans doute, était leste et hardie.
Je ne la défends point; la blâme qui voudra.
Mais, — lady Fitz le sait, — Don Juan l'excusera.
L'amour débrouillera tout seul la comédie.

Le capuchon tombé laissait voir de grands yeux
Qui, la nuit, répandaient une lueur étrange,
Brillants comme l'éclair et bleus comme les cieux.
— Le moine est une femme aussi belle qu'un ange.
— Pendant quelques instants ce fut un doux échange
De mots entrecoupés, mais fort mélodieux.

Tout ce qu'ils se disaient, je ne puis le redire.
Je n'en veux point charger des vers malencontreux.
Vous, si vous le pouvez, essayez de traduire
L'hymne que les oiseaux se murmurent entre eux,
Ces interjections de deux cœurs amoureux,
Ce langage imparfait que complète un sourire!...

Le Français en amour se hâte lentement
Et dépeint son martyre en termes pathétiques;

1.

L'Anglais, le Hollandais, l'Allemand flegmatiques
Durant des mois entiers filent le sentiment;
Mais, comme on le proscrit aux auteurs dramatiques,
L'Espagnol, tout de feu, court vers le dénoûment.

Quelques-uns, plus rassis, à l'amour platonique,
— On le prétend, du moins, — se bornent sagement,
Chaque jour à leurs sens font prendre un narcotique ;
— Question de climat ou de tempérament
Qu'Aristote aurait dû traiter dans son Éthique; —
Don Juan, quoi qu'il en soit, aimait différemment.

Il savait jusqu'au bout conduire un enthymème,
Et lorsqu'il avait dit : Je vous aime, ou : Je t'aime,
Il arrivait de suite à la conclusion.
Notre beau cavalier a-t-il tort ou raison?
Il ne m'appartient pas de juger son système :
Un *peut-être*, un *que sais-je?* est ici de saison.

On a dit que Don Juan craignait peu le scandale.
Erreur. — Comme Tartufe, il avait sa morale ;
Bien que dans sa conduite il fût très-relâché,
Il attendait la nuit pour filer près d'Omphale,

— Et la nuit la plus sombre, — estimant qu'un péché
Est à moitié remis quand il reste caché.

Mais qui pourrait jamais compter sur le mystère?
Fama volat, — *Fama,* cette horrible commère
Qui passe bêtement le temps à babiller,
Qui commente les faits et qui les exagère,
Et qui malignement s'amuse à publier
Ce qu'un mari toujours n'apprend que le dernier.

D'abord, c'est une voix faible et comme voilée,
Des mouvements d'épaule et des chuchotements,
Et des regards tournés vers la voûte étoilée,
— Mot peut-être risqué pour Londre ; — et, par moments,
On croit ouïr au loin une rumeur mêlée
De rires qu'on prendrait pour des rugissements.

— On n'y voulait pas croire, et l'on y croit à peine ;
— Le doute est une loi pour tout esprit sensé ; —
Mais on sait où, comment, quand le fait s'est passé.
— C'est l'histoire des œufs dont parle La Fontaine. —
On n'a rien vu ; d'accord ; — mais la chose est certaine :
On la tient d'un laquais que Madame a chassé.

Un regard qui voudrait jouer l'indifférence,
Mais où l'on voit percer l'art du comédien,
Trop de timidité, parfois trop d'assurance,
Une pâleur subite, un mot, un geste, un rien,
Mettent pareils secrets bien vite en évidence.
C'est ainsi que Don Juan fit découvrir le sien.

Encor, s'il eût séduit, plus humble en ses visées,
La femme d'un marchand de bière ou d'amidon,
Don Juan aurait peut-être obtenu son pardon ;
Mais porter aussi haut l'orgueil de ses pensées,
Séduire une duchesse, exposer aux risées
Sa Grâce, Son Honneur lord Fitz Fulke !... Ah ! fi donc !

Adeline, il est vrai, ne fut pas insensible
Au crime qui souillait sa très-chaste maison,
Mais, toutefois, contint son indignation,
Et sut la déguiser sous un air impassible.
Elle affirma partout qu'il n'était pas possible
Que son hôte à ce point eût perdu la raison.

Miss Aurora Raby devint triste et pensive.
Au souffle de l'amour près de s'épanouir,

Son cœur se replia comme une sensitive.
Peut-être essuya-t-elle une larme furtive;
Mais nul ne devina ce qu'elle dut souffrir,
Non, pas même celui qui la faisait mourir.

— En m'exprimant ainsi, je crois que j'exagère.
On meurt de froid, de faim; mais d'amour, rarement.
On a trente moyens de se tirer d'affaire :
— La toilette, — les bals, — la diète, — un autre amant,
— Les chiens, — les perroquets; — et l'on meurt centenaire
Après avoir dix fois refait son testament. —

Le grand monde s'émut. Madame — telle ou telle —
Tomba presque malade à vouloir s'indigner.
Ce fut une clameur bruyante, universelle,
Et, comme mon héros parut la dédaigner,
On vit pleuvoir sur lui maint couplet, maint libelle,
Que l'auteur, par prudence, oubliait de signer.

Un avare est béni par l'héritier qu'il laisse ;
Un joueur, par les *Grecs* qui volent son argent ;
Un amant qu'on trahit pardonne à sa maîtresse ;
Pour un sot, pour un fat, on se montre indulgent ;

Mais on est sans pitié pour l'humaine faiblesse,
Quand le scandale éclate. — Ah ! c'est décourageant ;

C'est à rendre moral Lovelace lui-même.
Ne vaudrait-il pas mieux prévenir le danger,
Que d'attaquer le mal quand il devient extrême,
— Surtout lorsqu'il s'agit d'un aimable étranger
Comme celui qui fait l'objet de mon poëme ?
Mais le monde n'est point, hélas ! prêt à changer.

Ce qui rendait la chose encor plus criminelle,
Ce qui faisait poursuivre avec plus d'âpreté
Ce fils de Bélial, c'est que la noble Estelle
Depuis son mariage avait toujours été
Un ange, un parangon, c'est-à-dire un modèle,
A woman of a great respectability.

Les amants éconduits par Sa Grâce folâtre,
Les femmes pour qui Juan n'avait eu que des yeux,
Grimpaient sur leur vertu comme sur un théâtre,
Et là, s'accompagnant de gestes furieux,
Distillaient sans relâche une bave verdâtre
Dont ils auraient voulu les couvrir tous les deux.

Le bataillon serré de tous les casuistes
Ouvrit un feu roulant contre ce paria :
Les Presbytériens, et les Anabaptistes,
Et les Quakers, chacun à qui mieux mieux cria :
Abomination ! Anathème au papiste !
— Sur l'air national : *Rule, Britannia!*

On put craindre un instant que leur troupe, grossie
Par ceux qui du coupable enviaient le succès,
Ne commît contre Juan les plus graves excès ;
Et, n'eût été la peur de fâcher la Russie,
Afin d'ouvrir le ciel à cette âme endurcie,
Elle eût brûlé le corps sans forme de procès.

Il fallait, disait-on, qu'à la chaste Angleterre
Catherine envoyât un autre ambassadeur,
Un père de famille, un septuagénaire
Chez qui l'âge eût enfin pétrifié le cœur.
Rien n'était dangereux comme un célibataire.
Le moyen d'en douter après un tel malheur ?

A tous, Juan opposait son calme et froid sourire.
Lorsqu'il reçut un jour, sans pouvoir l'éconduire,

Un visiteur auquel il n'avait pas songé.
« — Señor, dit l'inconnu, je vous ai dérangé.
« Je viens, — mille pardons ! — je venais pour vous dire,
« Señor, que vous voyez un époux outragé. »

« — Fort bien, lui répondit Don Juan ; je crois comprendre ;
« Mais, entre hommes d'honneur, on peut toujours s'entendre.
« Je ne réclamerai ni trève ni délais.
« A vos ordres, mylord. Voici mes pistolets. »
Et Don Juan les tira d'un coffre en palissandre.
« — Señor, dit gravement Fitz Fulke, serrez-les.

« Nous ne connaissons pas la coutume barbare
« Qui fait couler le sang pour laver un affront.
« Non ; du sang de ses fils l'Angleterre est avare.
« Que prouve le duel ? Rien ; et, je vous le déclare,
« — Tous les hommes de loi, señor, vous le diront ; —
« C'est avec de l'argent que l'honneur se répare (3). »

Lord Fitz Fulke se tut. Don Juan, fort étonné,
Se sentit mordre au cœur d'une sourde colère,
Et faillit éclater. Mais, en homme bien né,
Il sut la contenir, et, dans son secrétaire,

—Car Don Juan frémissait au nom seul d'*attorney !* —
Il prit tranquillement la somme nécessaire.

— Et l'aimable duchesse? — A cette question
Je ne sais que répondre et ne puis que me taire.
Je garde pour Don Juan ma verve tout entière.
— Et d'ailleurs, on m'accuse, avec ou sans raison,
De faire, comme on dit, l'école buissonnière,
Et de tomber parfois dans la digression.

Je veux à l'avenir être plus méthodique.
Et pourtant, Rabelais, et Musset, et Pulci,
Avaient-ils soin de prendre un chemin raccourci?
Byron, Byron lui-même, est-il donc laconique?
Si je fais quelque jour un traité d'esthétique...
Mais ce n'est pas l'instant de discuter ici.

Pourquoi tant nous presser? Au terme du voyage
J'arriverai toujours assez vite à mon gré.
Si je trouve en passant quelques fleurs dans un pré,
Un tertre de gazon, un arbre au frais ombrage,
Je m'arrête, le temps de rimer une page.
Et dis à mon héros : Pars ; je te rejoindrai.

Mon héros est vraiment d'un heureux caractère.
Il ne se plaint jamais; jamais il ne dira :
« Voyez! la sombre nuit déjà couvre la terre. »
— Comme on l'entend chanter dans les chœurs d'opéra.
Il a pris les devants, et — Quel est ce mystère? —
Il parle avec chaleur à mistress Débora.

Il lui parlait d'amour, à la belle inconnue,
D'un amour sans égal, d'un amour si profond,
Qu'il était comme un puits dont nul ne voit le fond.
Elle, qui n'était pas, certes, une ingénue...
O dona Julia, qu'êtes-vous devenue?
Je crois qu'il vous oublie, et cela me confond.

Et pourtant, ce fut vous dont la lèvre adorée
Laissa tomber sur lui des mots pleins de douceur;
Qui vintes, l'œil ardent, frémissante, éplorée,
L'entourer de vos bras, chaîne heureuse et dorée,
Gracieux talisman dont le charme vainqueur
Devait contre l'oubli fortifier son cœur.

Tandis que loin de vous une jeune étrangère
Éveille dans ce cœur de nouvelles amours,

Entre les murs étroits d'un sombre monastère,
Seule avec les ennuis qui pèsent sur vos jours,
Seule avec vos regrets, à genoux sur la pierre,
Vous priez pour celui que vous aimez toujours!...

Aux portes de Dublin, mylord Amundeville
Possédait un château, séjour frais et tranquille,
Sous de grands arbres verts et des fleurs abrité.
Là, tous les ans, mylord, vers la fin de l'été,
Invitant à la fois la campagne et la ville,
Pratiquait les devoirs de l'hospitalité.

Dans ce royal manoir qu'il tenait de ses pères,
Où chacun à l'envi prévenait ses désirs,
Mylord se reposait au sein de doux loisirs.
On l'amusait auprès d'effroyables misères;
Et mylord, après tout, ne s'inquiétait guères
De combien de douleurs étaient faits ses plaisirs.

Pauvre Irlande, salut! O reine sans couronne.
Pour étouffer ta voix, on te met un bâillon.
Reine que l'on outrage ou que l'on abandonne,
N'as-tu donc pas encore acquitté ta rançon?

Ah ! qui dissipera l'ombre qui t'environne ?
Qui te délivrera du vampire saxon (4) ?

Tandis que les seigneurs de tes riants domaines,
Insensibles et sourds aux malédictions,
De ton sang le plus pur engraissent leurs sillons,
Avec des cris d'angoisse, avec un bruit de chaînes,
Tu vois tes fils, couverts de sordides haillons,
Pour assouvir leur faim, brouter l'herbe des plaines.

La mouette a son nid suspendu sur l'écueil ;
La ruche offre un asile à l'abeille ouvrière ;
L'arbre aux rameaux touffus abrite l'écureuil ;
Le chien a son chenil ; le loup a sa tanière ;
Mais, pour se reposer de cette vie amère,
Tes malheureux enfants, Érin, ont le cercueil !

Ton peuple est là qui râle, un poignard sur la gorge,
Sans que pour le sauver personne fasse un pas.
Victoire ! saint Patrice est battu par saint George.
Pauvre Érin, laisse donc bénir par tes prélats
— On les paye assez cher pour qu'ils n'hésitent pas, —
Les carcans que l'on rive et les fers que l'on forge.

Pourquoi parler sans fin de ton droit méconnu ?
Le canon triomphant décide la querelle.
Quiconque est le plus faible a tort ; c'est convenu.
« — Nous sommes les plus forts. Écrasons le rebelle !
« Exterminons le traître ! » — O Justice éternelle !
On a beau t'invoquer : ton jour n'est pas venu.

L'ordre règne ; il suffit. Paddy meurt ou s'exile.
Paddy, de désespoir, a caché son drapeau.
Sous un joug abhorré courbant un front docile,
Les Irlandais vaincus ne sont qu'un vil troupeau.
Un jour... — Nous disions donc que lord Amundeville
Chaque automne venait habiter son château.

C'était un homme heureux qui s'entendait à vivre,
Sensuel par système ou par tempérament,
Et de la tête aux pieds, enfin, un vrai Normand ;
Spirituel, du reste, et savant comme un livre.
Il avait défendu l'Irlande au Parlement ;
Car il était disert, quand il n'était pas ivre.

Là, se réunissait tout ce monde brillant
Qui d'aïeux en aïeux remonte à la conquête ;

De pieux *clergymen*, dont le luxe insolent
Fait de leur existence une éternelle fête,
Qui, l'Évangile en main, portent bien haut la tête ;
Des bardes lauréats ; des peintres de talent.

Ce monde s'habillait à la dernière mode,
Était grave, discret, point jaloux, point moqueur,
Agissait prudemment, parlait avec méthode,
Mettait en toute chose une sage lenteur,
N'approfondissait rien ; car il est plus commode
D'apprécier les gens d'après l'extérieur.

L'extérieur est tout. Avec un peu d'adresse,
On déguise un défaut, un vice, une faiblesse.
La plupart des humains ne ressemblent pas mal
A ces gens vertueux raillés par Juvénal,
Qui, d'un ton pénétré, vous prêchent la sagesse,
Et qui... — Mais consultez le texte original.

On y voyait aussi des *misses* délicates,
Qui chaque jour faisaient au moins quatre repas,
Qui commentaient la Bible, ou jouaient des sonates.
— Ma foi ! souvent la rime est un fier embarras ;

Mais n'importe; mon vers ne reculera pas.
Mon vers, comme les chats, tombera sur ses pattes.

Quand Despréaux rimait trente vers dans son mois,
Il croyait du Parnasse escalader la cime.
Ah! si le ciel voulait que des liens étroits,
L'un à l'autre unissant le poëte et la rime,
Les fissent ressembler aux jumeaux siamois!
Mais non; presque toujours entre eux s'ouvre un abîme.

Ces pâles fleurs du Nord, comme dit lord Byron,
Miss Betsy, miss Éva, miss Flora, miss Marie,
Afin d'apprivoiser quelque jeune lion,
Arboraient leur toilette et leur coquetterie.
Il faut qu'à dix-huit ans une miss se marie,
Avec dot ou sans dot. — Lisez *Précaution* (5).

On jouait à ces jeux innocents où l'on donne
Des gages. — Tu frémis, ô Boileau-Despréaux!
A cet enjambement ta perruque frissonne,
Et l'on voit se dresser ses cheveux blonds et faux.
— *Heu! peccavi miser!* — Ombre auguste, pardonne!
N'avais-tu pas aussi quelques petits défauts? —

Puis, à la fin du jeu, venait la pénitence.
On faisait des bouquets, — chardon, rose ou pavot; —
On s'embrassait beaucoup, mais par obéissance;
Pour affranchir un gage, on devinait un mot;
On médisait un peu, bien peu; — la médisance
Est un péché mortel, et John Bull est dévot.

On chassait le renard; mais ces forêts ombreuses
Virent plus d'une fois sous leurs chênes discrets
De charmants cavaliers, de jeunes amoureuses,
Toute une après-midi venir prendre le frais,
Et, dédaignant du cor les fanfares joyeuses,
Échanger des aveux, des serments, des portraits.

Comme lord Chesterfield, Juan détestait la chasse,
Songeant par devers lui que — n'en déplaise aux rois, —
C'est un pauvre plaisir de courre dans les bois
Un renard dont les chiens ont éventé la trace.
Il pensait, nonobstant ses préjugés de race,
Qu'un homme intelligent ne chasse pas deux fois.

Comme l'oncle Tobie (6), il pensait que le monde
Est assez grand pour tous; et, s'il eût par hasard

Rencontré dans sa chambre un crapaud, un lézard,
On l'aurait vu, saisi d'une pitié profonde,
Rendre la clef des champs à l'animal immonde.
— Voilà pourquoi Don Juan chassait peu le renard.

Oui, Don Juan, tout entier à sa belle maîtresse,
Laissait courir sans lui chiens, renards et chevaux.
Nonchalamment couché près du cristal des eaux,
Il aimait, il vivait, il chantait, plein d'ivresse,
Les forêts, le printemps, le soleil, la jeunesse,
L'onde qui murmurait à travers les roseaux.

Le soir, assis autour d'une table splendide,
On mangeait, on buvait, selon l'usage anglais,
C'est-à-dire beaucoup ; car jusques à l'excès
Albion a toujours poussé l'horreur du vide.
Le champagne rendait la beauté moins timide.
Mais le seigneur Don Juan ne se grisait jamais.

Alors que les buveurs, exaltés par l'orgie,
Faisaient jaillir l'entrain du nectar écumant,
Don Juan, si gai d'ailleurs, tournait à l'élégie,
Et psalmodiait Job impitoyablement ;

Chose étrange, à coup sûr, que la phrénologie
Pourrait seule expliquer, je ne sais trop comment.

Les hôtes rassemblés chez lord Amundeville
Se demandaient pourquoi Don Juan, chaque matin,
Leur faussait compagnie et partait pour la ville.
Le savoir eût été chose assez difficile,
Vu sa discrétion, — lorsqu'on apprit enfin,
Que Don Juan se rendait dans un château voisin.

Château? Non. Ce n'était qu'un modeste ermitage.
Là, dans l'austérité, dans le deuil du veuvage,
Mistress Edgar Crampton — le lecteur comprendra
Que nous le ramenons à mistress Débora ; —
De trente soupirants fuit l'insipide hommage.
Là, près de son époux, on l'ensevelira.

Au moment d'arriver d'emblée à la pairie,
Où l'appelaient son nom, des droits incontestés,
Aimé, jeune, rêvant des rêves enchantés,
Sir Crampton était mort bien loin de sa patrie,
Bien loin des siens, bien loin d'une épouse chérie,
Dans l'Inde, en combattant les Sickes révoltés.

Le vrai peut quelquefois n'être pas vraisemblable.
Sa veuve inconsolée, et même inconsolable,
Le front incessamment vers la terre courbé,
Triste comme Alcyone ou comme Niobé,
Opposait à l'hymen un cœur invulnérable.
— Elle avait fait venir ses restes de Bombay,

Et près de son tombeau nuit et jour prosternée,
Elle versait des pleurs, s'arrachait les cheveux,
Appelait le trépas, seul objet de ses vœux,
Maudissait les amants, maudissait l'hyménée.
Or, tout cela durait depuis près d'une année,
Et remplissait d'espoir ses aimables neveux.

Enfin, Don Juan parut. — Et pas de rime en *exe !*
Richelet n'est qu'un fat, un bélitre, un vaurien. —
Don Juan était toujours adoré du beau sexe ;
Il avait conservé son air *parisien.*
— O prote, ô mon ami, si vous êtes chrétien,
N'oubliez pas, de grâce, un accent circonflexe.

Nous sommes en Irlande, et non pas à Paris. —
Don Juan parut, disais-je, aussi beau qu'Alexandre.

De mistress Débora subitement épris,
Don Juan ne somma point la place de se rendre.
Il fut insinuant ; il fut triste ; il fut tendre.
On eût dit, à le voir, un poëte incompris.

Don Juan temporisait en stratégiste habile,
Avançait, reculait, avançait un peu plus.
Il blâmait vaguement des regrets superflus,
Disait qu'une douleur trop longue est inutile,
Qu'elle fane le teint, qu'elle épaissit la bile,
Qu'elle agace les nerfs et peut rendre perclus.

« Fallait-il donc qu'un mort entraînât dans sa bière
« Une femme charmante et faite pour aimer ?
« N'était-il pas cruel de voir se consumer
« Le plus pur diamant de la vieille Angleterre
« Pour un mari perdu, pour un peu de poussière
« Que les pleurs ni les cris ne pouvaient ranimer ?

« Artémise, il est vrai, trop fidèle à Mausole,
« Le reste de ses jours, dit-on, se désola.
« Mais nous sommes fort loin de cette époque-là,
« Et bien fou qui croirait l'histoire sur parole.

« — Ces vieux historiens aimaient tant l'hyperbole ! —
« Sans doute qu'Artémise enfin se consola. »

Comme orateur, Don Juan opérait des merveilles.
Que répondre, en effet, à des raisons pareilles?
Rien, je pense. — D'abord, à ces sages discours,
Menés avec tant d'art, ni trop longs, ni trop courts,
Mistress Edgar Crampton se boucha les oreilles.
Mais Don Juan reprenait sa thèse tous les jours.

Sur les ailes du Temps la tristesse s'envole.
— Saluez le grand homme, ô P....., mon ami,
Et ne me dites pas cette fois que je vole
Un auteur vénéré dans la tombe endormi.
Ce vers, on me l'apprit quand j'allais à l'école.
A pédagogue, eh bien ! pédagogue et demi. —

On prétend — mais peut-être est-ce une calomnie.
Le monde est si méchant ! Puis, comment le savoir?
Qui l'a vu? Qui le sait? Pour ma part, je le nie. —
On prétend que, malgré sa douleur infinie,
Mistress Crampton, toujours réduite au désespoir,
Bientôt, en se levant, consulta son miroir.

Son miroir lui disait qu'elle était ravissante,
Et jamais un miroir n'a menti ni flatté.
Elle avait à la fois la grâce et la beauté,
Et ce je ne sais quoi qui rend intéressante.
Mes lectrices croiront sans doute que j'invente.
Je demeure au-dessous de la réalité.

Elle eût pu figurer dans un poëme épique.
Elle avait — chose rare ! — un pied microscopique,
Un nez grec, des yeux noirs avec des cheveux blonds
Qui, déroulés, tombaient jusques à ses talons,
Un sein comme en a fait la statuaire antique,
— Pas d'enfants, — la main blanche, et quelques millions.

Languissamment ouverts et fondus en amande,
Ses yeux.... — Bien ; mais par qui Juan fut-il présenté ?
Car vous n'en dites mot. — J'ai prévu la demande,
Lecteur, et, pour savoir toute la vérité,
J'ai fait trente-deux fois le voyage d'Irlande.
Écoutez maintenant ce que l'on m'a conté.

C'était l'heure bénie où la nature entière
Aime à se reposer des fatigues du jour ;

C'était l'heure où tout dort, — excepté la portière,
Le prisonnier qui cherche à sortir de sa tour,
Les chats qué l'on verrait courir dans la gouttière,
Si le ciel, par malheur, n'était noir comme un four ;

Excepté l'avocat débrouillant un grimoire,
Excepté l'envieux, l'avare, le jaloux,
Excepté l'alchimiste en son laboratoire,
Excepté le malade oppressé par la toux,
Excepté le rimeur que fait veiller la gloire,
Et la pâle Phœbé qui fait hurler les loups.

Mais je crains de prouver que cette heure avancée
Était précisément celle où l'on ne dort pas.
— Soudain, un cri s'élève, une clameur poussée
Par des milliers de voix : Le feu ! Le feu là-bas !
— Et la foule se rue en colonne pressée ;
Des femmes, des enfants, des prêtres, des soldats.

Un palais est en feu. L'incendie est horrible.
On l'aborde, on l'attaque, on le serre de près.
L'onde jaillit à flots ; mais la flamme invincible
Triomphe, et s'élançant au faîte du palais,

Siffle comme un serpent qu'on irrite, et, terrible,
Roule avec la fumée en tourbillons épais.

O spectacle à la fois effrayant et sublime
Que les yeux qui l'ont vu ne sauraient oublier !
Sur ce plancher brûlant que l'on entend crier,
Dans ce cercle de feu, sous ce toit qui s'abime,
Une femme est debout, noble et sainte victime ;
Calme, joignant les mains, elle semble prier.

Qui portera secours à cette infortunée ?
On hésite ; la peur n'inspire que des vœux.
Mais un homme, à travers la foule consternée,
Bondit, plante une échelle, et dans ses bras nerveux
Enlève cette femme à périr condamnée,
Au milieu des débris qui s'effondrent sous eux.

Sauvée ! Elle est sauvée !... On aimerait sans doute
A remplir quelquefois le rôle de sauveur.
Cela vous réjouit, surtout lorsqu'il n'en coûte
Qu'un doigt égratigné dont on se fait honneur.
Mais on ne trouve pas tous les jours sur sa route
Une femme à sauver. — Don Juan eut ce bonheur.

Fixer une limite à la reconnaissance
Pour un cœur généreux est toujours malaisé.
Mistress Crampton en fit la triste expérience;
Et l'amour de Don Juan s'étant vite apaisé,
Elle perdit la foi, sans garder l'espérance.
— Don Juan, s'il faut tout dire, était indisposé.

Don Juan dépérissait en cette ile maussade
Où l'aurore jamais ne montre un front vermeil;
De hideux cauchemars tourmentaient son sommeil;
Il avait le cœur vide et la tête malade;
Il regrettait Cadix, et Valence, et Grenade.
— Don Juan, fils de l'Espagne, adorait le soleil.

Et puis, c'est qu'il fallait à cette âme inquiète
L'éternel aliment de la variété.
Juan arrivait bien vite à la satiété.
Ainsi que Roméo, Juan aimait Juliette,
Mais n'attendait jamais le chant de l'alouette
Pour reprendre son cœur avec sa liberté.

A vingt ans, à cet âge où, pour une journée
On est heureux d'un gant que l'on ramasse au bal,

D'un ruban égaré, d'une rose fanée,
D'un mot qui semble tendre et qui n'est que banal,
On se dit, en voyant Didon abandonnée,
Que le pieux Troyen se comporte assez mal.

Oui, d'abord on voudrait qu'Énée à l'Ausonie,
Sans bavarder autant, fit d'éternels adieux,
Et, s'inquiétant moins de sa gloire ternie,
De l'avenir de Rome et du courroux des dieux,
Laissât tranquillement Turnus et Lavinie,
En dépit du destin, se marier tous deux.

Plus tard, on reconnait sa prudence ordinaire ;
On sent que la raison dirige tous ses pas ;
Qu'il est aimé du ciel ; que, s'il ne partait pas,
Après six mois d'épreuve il pourrait bien se faire
Que Didon, lasse enfin de cet homme exemplaire,
Donnât la préférence au Gétule Iarbas.

Moi, ce que je reproche à ce héros modèle,
Ce n'est point de partir ; c'est d'avoir accepté
D'une reine si noble, et si tendre, et si belle,
Quelque chose de plus que l'hospitalité.

Mais Juan, traitre et parjure, à son rôle est fidèle ;
Juan ne serait pas Juan sans l'immoralité.

Avant qu'il fût un mois, l'implacable analyse,
Spectre toujours armé d'un verre grossissant,
Lui montrait les défauts. Honteux de sa méprise,
Don Juan, sans plus tarder, quittait en gémissant
L'objet qu'il eût d'abord payé de tout son sang.
— Voilà pour quel motif Don Juan fait sa valise.

Mais j'interromps ici mon poëme ébauché.
Don Juan pour quelques jours rentre dans la coulisse.
Lecteur, en attendant que la Muse éclaircisse
De quel côté s'en va notre affreux débauché,
Je demande pour lui bonne et prompte justice.
Que si vous l'absolviez, j'en serais bien fâché.

Parmi vingt lieux communs de morale facile,
On dit quelquefois : L'homme, être frêle et débile,
Fait pour se réformer des efforts superflus.
— Ailleurs, très-loin d'ici, je connais une ville
Où, sur quinze passants, quatorze sont bossus.
Est-ce leur faute ? Non ; — ni la mienne non plus.

Sur cette pauvre terre où le docteur Panglosse
Affirme cependant que tout va pour le mieux,
Il faut bien qu'un bossu vive en roulant sa bosse,
— Ce qui, par parenthèse, est assez ennuyeux; —
Comme il faut qu'un jaguar ou qu'un ours soit féroce,
Qu'un avocat bavarde et qu'un rimeur soit gueux.

C'est leur nature. Il faut que la loi s'accomplisse.
Mais que l'homme, envoyé jeune et fort dans la lice
Pour lutter vaillamment, l'œil tourné vers les cieux,
De ses instincts pervers devienne le complice
Et s'abaisse à flatter tous ces monstres hideux,
Au lieu de les combattre; ah! certes, c'est honteux!

Ainsi ne dites pas, petits-fils de Basile,
Qui sur nous voudriez épancher votre bile,
Ne dites pas qu'en tout j'approuve mon héros.
Je le peins tel qu'il est, tel qu'on est à Séville,
Pays où le soleil, allumant ses fourneaux,
Brûle à la fois le teint, les cœurs et les cerveaux.

Autant vouloir, je crois, traire un bouc dans un crible,
Saisir avec les dents la lune au fond d'un puits,

Chercher le blond Phébus à la voûte des nuits,
Rendre le fat modeste et l'usurier sensible,
Poursuivre l'introuvable et tenter l'impossible,
Que d'empêcher Don Juan d'aller de mal en pis.

Comme il doit à la fin appartenir au diable,
Plus je le peindrai noir, — Don Juan, bien entendu; —
Plus je le montrerai cruel, impitoyable,
Plus il méritera, non pas d'être pendu,
— Car ce serait trop peu pour un pareil coupable; —
Mais d'aller en enfer, à tout jamais perdu.

Don Juan peut, s'il lui plait, grossir encor la liste
De tous ces dévoûments dont il se fait un jeu;
Mais à l'heure où, quittant son foyer morne et triste,
La jeunesse et l'amour viendront lui dire adieu,
Sans plaindre un seul instant ce terrible égoïste.
Nous laisserons passer la justice de Dieu.

CHANT II

Un sot de mes amis, — homme honnête et paisible, —
Me disait à propos de je ne sais plus quoi :
« Le public, en fait d'art, est un juge infaillible.
« Aux arrêts du public il faut ajouter foi.
« Le vrai, le beau jamais ne le trouve insensible. »
— Rien n'est plus ridicule et plus faux, selon moi.

« Non ; le miel n'est pas fait pour la bouche de l'âne. »
— Sancho, vous parlez d'or ; et c'est grande pitié
De voir tant de bon sens si mal apprécié. —
Le vulgaire au hasard juge, approuve ou condamne.
Le beau reste voilé pour son regard profane.
Qui veut le découvrir doit être initié.

J'aime assez les avis; mais je ne les suis guère,
Soit paresse, ou plutôt simple distraction.
Et puis, les suivre tous est une rude affaire.
S'il fallait écouter maitre Jean, maitre Pierre,
Dont l'un dit : C'est mauvais; — quand l'autre dit : C'est bon,
Là, je vous le demande, où diable en serait-on?

Un rhéteur, amoureux de ses vieilles routines,
Voudrait enfermer l'art dans un cercle borné.
A propos de raison et de saines doctrines,
Dieu sait combien de fois on a déraisonné !
— Je ne sens plus, dit l'un ; à quoi bon des narines?
— A quoi bon le soleil? dit un aveugle-né.

Parce que l'on a dit : *La critique est aisée,*
Tout le monde s'en mêle, et chacun sans façon
Sur son lit de Procuste étend votre pensée.
Un aristarque, orné d'un bonnet de coton,
Vous répète en toussant : Votre verve est usée;
Et le boiteux vous crie : Il vous faut un bâton.

Les censeurs ont toujours la même ritournelle.
— Vanloo, dit celui-ci, seul compose un tableau.

— Courbet, dit celui-là, fait la barbe à Vanloo.
— Honneur à Théocrite! — Honneur à Fontenelle!
— Chacun croit posséder le vrai Polichinelle (1).
L'un montre son Musset, et l'autre son Boileau.

Jeune aigle, vers l'azur vous déployez vos ailes,
Dévorant du regard l'espace illimité;
Votre œil fixe et profond lance des étincelles;
Vous vous dites : Enfin, c'est donc la liberté!
— Alors, vient le censeur, muni de ses ficelles,
Qui vous attache au roc, mourant, ensanglanté.

Censeurs qui dans mon œil découvrez une paille,
Malgré vos longues dents vous ne m'atteignez pas.
Quoique laissé pour mort sur le champ de bataille,
Je me porte assez bien, même après mon trépas.
Devant dix feuilletons, chargés tous à mitraille,
Aussi fier qu'Artaban, je reste l'arme au bras.

S'il faut en convenir, — indulgentes lectrices.
Vous me pardonnerez cette comparaison; —
Jadis, je ressemblais à ces troupiers novices
Qui, s'effarant d'abord à la voix du clairon,

Feraient très-volontiers comme les écrevisses;
Mais sans peur aujourd'hui j'entendrais le canon.

Au doux bourdonnement de mes sœurs les abeilles,
Épiant avec moi la fleur prête à s'ouvrir,
Sous l'ombrage embaumé que répandent mes treilles,
Je laisse Pierre et Jean sur mes vers discourir.
De roses mon jardin parfume ses corbeilles,
On n'empêchera pas mes roses de fleurir.

Mais de ce *discursed* il est temps que je sorte.
Revenons à Don Juan qu'une frégate emporte
Loin de l'Irlande au ciel éternellement gris.
Laissant mistress Crampton, dont il n'est plus épris,
Dans les bras de ses gens pâmée, à demi morte,
Don Juan, libre et joyeux, se rend droit à Paris.

La France n'était plus cette jeune guerrière
Qui remuait le monde au seul bruit de sa voix;
Qui, la main sur le glaive, et si mâle et si fière,
Attelait à son char les peuples et les rois.
Elle s'humiliait, le front dans la poussière.
La France s'appelait alors Cotillon trois (2).

On voyait des traitants anoblis par l'usure,
Des juges enrichis à vendre des arrêts,
Se couvrir d'oripeaux pour cacher leur souillure,
Et, disciples fervents du commode Épicure,
Bien frisés, bien poudrés, des abbés damerets
Au sortir des boudoirs hanter les cabarets.

L'art s'était amoindri. Tout ce monde frivole
Était trop affairé pour s'enquérir du beau.
On dédaignait Poussin, Lebrun et son école;
Mais on prisait encor les bergers de Watteau.
Le Cid avait perdu sa brillante auréole;
Mais parfois le Mercure imprimait un rondeau.

On trouvait des rapports entre l'homme et la bête,
Et d'austères docteurs, à la fin du repas,
La coupe dans les mains et des fleurs sur la tête,
Prouvaient par a plus b que Dieu n'existait pas,
Tandis qu'à l'horizon se formait la tempête,
Et qu'on sentait le sol qui tremblait sous les pas.

Dieu, qui précipitait les hommes et les choses,
Jetait un voile épais sur la réalité.

Le siècle moribond se couronnait de roses.
Pour qu'on ne troublât point la vieille Royauté,
La Bastille calmait tous ces rêveurs moroses
Qui parlaient d'avenir, d'honneur, de liberté.

L'ennemi, cependant, gardait nos forteresses.
Chaque jour, vers la honte on avançait d'un pas.
On n'avait plus d'argent pour payer des soldats;
Mais Louis en trouvait pour payer ses maîtresses;
Et, livré sans remords à d'impures caresses,
Louis le Bien-Aimé s'endormait dans leurs bras.

Tout croulait. La vertu grelottait, méprisée.
On riait de l'hymen; on riait de l'amour.
L'orgie était partout. D'abord scandalisée,
La ville s'empressait de copier la cour.
Sa Majesté Satan était là, déguisée.
Don Juan, comme on le voit, arrivait à son jour.

De toutes les cités où la bêtise humaine
S'épanouit, superbe, à la face des cieux,
Paris est la première. — Un chat tombe à la Seine?
Il passe un charlatan, un Chinois, un lépreux?

On se presse, on s'étouffe, on vole, on se démène,
On agite les bras, on ouvre de grands yeux.

-- A Paris, direz-vous, mais l'esprit court les rues.
— Après tout, c'est possible ; et la bêtise aussi
Y tient sous ses drapeaux de nombreuses recrues
Réchauffant au soleil leur crâne rétréci ;
Des milliers d'Algonquins sont là, bayant aux grues,
Du faubourg Poissonnière au carrefour Buci.

Le chien d'Alcibiade et le taux de la rente
Sont de tous ces flâneurs l'éternel entretien.
Chez eux, l'âme est du corps la très-humble servante.
— Ce qui n'empêche pas, — et lui-même s'en vante, —
Que Paris ne professe un suprême dédain
Pour qui n'a pas l'honneur d'être Parisien.

« — C'est nous qui répandons la vie et la lumière.
« La province est l'écho dont nous sommes la voix.
« Paris est tout ; Paris est la ruche ouvrière
« Où se font, se défont et se refont les lois ;
« Nous possédons la Bourse et la Grande Chaumière (3) ;
« Nous avons des portiers et nous chassons des rois.

3.

« — Je mange ; donc, je suis, » dit le bourgeois obèse
« De Ruffec, d'Issoudun, de Quimper-Corentin.
« Il a juré de vivre et de mourir crétin.
« Un poëme l'endort ; la science lui pèse ;
« Il a lu quelquefois la grammaire française,
« Et croit que Démosthène écrivait en latin.

« C'est là que des rentiers, très-forts en politique,
« Se battent pour l'emprunt ouvert à Mexico ;
« Qu'on frissonne à l'aspect de la dame de pique ;
« Qu'on donne de grands bals où l'on sert du coco,
« Et que, chaque dimanche, on fait de la musique
« A renverser du coup les murs de Jéricho.

« Comme un héron qui rêve au bord d'une eau stagnante,
« Le bon provincial, dès vingt ans abruti,
« N'a point d'opinion et n'est d'aucun parti ;
« Jamais il ne verra sur mer une tourmente ;
« Il n'entendra jamais cette fille charmante,
« Cet oiseau qui se nomme Adelina Patti.

« On poursuit, on recueille, on colporte, on débite
« D'absurdes lieux communs en langage ostrogoth ;

« Avec des mots sans fin et des discours sans suite,

« Faute d'esprit, chacun veut payer son écot ;

« On va chez le voisin écumer la marmite,

« Pour savoir ce qu'il met de viande dans son pot.

« Quel plaisir, quand on dine à la sous-préfecture,

« D'apprendre aux invités qui viennent de plus loin,

« Les nouvelles du jour — qu'on invente au besoin !

« — L'avoine souffre ici de la température.

« — Madame X… a vendu mille francs sa voiture.

« — Monsieur Z… a serré deux cents quintaux de foin.

« — Pourquoi n'étiez-vous pas l'autre jour à l'église ?

« Vous auriez entendu notre nouveau curé

« Prêcher sur la luxure et sur la gourmandise.

« Il s'adressait à tous ; mais il est avéré

« Qu'un chantre ressemblait aux gens qu'on exorcise,

« Que le maire a pâli, que l'adjoint a pleuré. — »

« Et l'on croit vivre ainsi. Noyés dans la matière,

« Sans s'émouvoir jamais, ni jamais s'étonner,

« Craignant de faire un pas en avant sans lisière,

« Occupés à manger, à boire, à ruminer,

« Ces bons provinciaux ; heureux à leur manière,
« Laissent le temps s'enfuir et le globe tourner. »

Braves gens, qui raillez la province endormie,
Il est mal de n'avoir d'éloges que pour soi ;
Cela peut réveiller la critique ennemie ;
La province a du bon, messieurs ; et, sur ma foi,
Mieux vaut encor dormir ainsi qu'une momie,
Que de courir toujours après n'importe quoi.

Athéniens du Nord, qu'avez-vous à répondre ?
On vous voyait — ceci soit dit sans vous fâcher ; —
L'hiver, sur le pavé, rester à vous morfondre,
Et jusque sur les toits nuit et jour vous percher,
Afin d'apercevoir Don Juan, — ou son cocher.
— Un badaud de Paris vaut trois *cockneys* de Londre.

De ces empressements qui partout le suivaient
Notre bel Espagnol était, certes, bien digne.
Les maris avaient peur ; les femmes en rêvaient.
— Quoi ! Don Juan à Paris ? Quelle faveur insigne ! —
C'était — depuis longtemps les femmes le savaient ; —
Un autre Antinoüs, mais sans feuille de vigne.

Elles n'ignoraient pas que le noble étranger,
Mobile bien qu'ardent, léger quoique sensible,
Sur la carte de Tendre aimait à voyager :
Toutes, pour convertir cet homme incorrigible,
Voulaient s'en approcher, comme un enfant terrible
Qui joue avec le feu sans prévoir le danger.

Un splendide manteau de marte-zibeline
Rehaussait à ravir son air de grand seigneur ;
Douze ordres en brillants chamarraient sa poitrine,
Crachats de toute espèce et de toute couleur.
Il en avait reçu quatre de la Czarine ;
Les autres lui venaient... Mais qu'importe au lecteur ?

Devait-il pour blason montrer sur champ de sable
Un sauvage effrayant, aux traits durs et hautains ?
On ne discuta pas ce point fort discutable :
La noblesse en Don Juan reconnut un des siens ;
On le crut sur parole, et — chose remarquable, —
On l'admit tout d'abord, sans voir ses parchemins.

On ne plaisante pas en si grave matière ;
Mais un simple coup d'œil, même aux plus exigeants,

Prouva qu'il était *né*. — Là, voyons, des manants
Parviennent-ils jamais à certaine manière
De rire, de cracher, d'ouvrir sa tabatière,
De nouer sa cravate et de mettre ses gants? —

Entouré d'une étrange et vague poésie,
Juan fit rentrer sous terre un émir de Syrie
Avec des tonnes d'or récemment arrivé;
Il devint le lion de l'aristocratie,
Mais un lion si doux et si bien élevé
Qu'il dépassait encor ce qu'on avait rêvé.

Les invitations pleuvaient à son adresse
Parmi la fine fleur du faubourg Saint-Germain.
Pas de concert sans lui; sans lui pas de festin.
On se le disputait : Madame la duchesse
Comptait le recevoir au sortir de la messe;
Madame la baronne allait l'attendre au bain.

—L'avez-vous rencontré?— Non.—Le charmant visage!
Quel teint blanc! Et l'on dit qu'il a le cœur si noir!
Qu'il ne respecte rien, ma chère! — C'est dommage.
Et comment se fait-il qu'on désire le voir?

— Mais peut-être à nous deux le rendrons-nous plus sage.
— Ma chère, mon mari doit l'amener ce soir.

On recherchait Don Juan comme un causeur aimable.
Il avait beaucoup vu, beaucoup étudié.
Sa conversation semblait inépuisable.
Puis il avait l'esprit si fin, si délié,
Qu'il faisait concevoir même l'inconcevable.
Personne en l'écoutant jamais n'avait bâillé.

Toute femme est, dit-on, quelque peu curieuse ;
Et Juan, bien que très-fort sur la discrétion,
Savait, en racontant sa vie aventureuse,
Exciter la terreur ou l'admiration ;
Mais il savait aussi d'une ombre ingénieuse
Voiler certains endroits de sa narration.

Juan devait exposer les effets et les causes.
On voulait tout savoir, jusqu'au moindre détail ;
On lui redemandait vingt fois les mêmes choses :
— Si la sultane avait des lèvres de corail ;
— S'il avait rapporté de l'essence de roses ;
— S'il ne regrettait pas les plaisirs du sérail.

« — Monseigneur, disait l'une, ah ! que l'Andalousie
« Dans l'écrin de vos rois est un riche joyau !
« Bienheureuse contrée, éclatante et fleurie,
« Où, pour toucher un cœur, on égorge un taureau,
« Où l'Inquisition tient tête à l'hérésie,
« Où la femme à son gré change de *cortejo* (4)! »

« — Monseigneur, disait l'autre, est-il vrai qu'en Turquie
« On fume de l'opium, on mange avec ses doigts ;
« Que pour laver la rue on compte sur la pluie ;
« Qu'on ait un procédé pour embellir la voix,
« Et que, dans un grand sac, tout pacha qui s'ennuie
« Fasse coudre et noyer dix femmes à la fois ? »

Juan avait à traiter une affaire importante
Dont seul il se flattait d'atteindre la hauteur.
L'empire tout entier, suspendu dans l'attente,
Se permettait parfois d'accuser sa lenteur.
— Question, il est vrai, d'intérêt palpitante ! —
Juan venait à Paris chercher un bon chanteur,

Ténor ou basse-taille. — Il lui fallait encore,
— Juan avait là-dessus d'amples instructions, —

Cinq ou six de ces rats que nourrit Terpsichore,
Et qui peuvent lutter avec les papillons.
— Ils devaient avoir tous la fraîcheur de l'aurore,
Une robe sans tache et de grands pantalons.

Le jeune Pipistroff, boyard plein de mérite,
De cette mission chargé précédemment,
Vers sa cour avait dû revenir au plus vite,
Sans chanteur ni danseuse; et cet événement
Avait paralysé la Bourse moscovite :
Les fonds étaient en baisse au moins de trois pour cent.

On pouvait supporter la famine, la peste,
Les confiscations, les fleuves en fureur,
Le knout; — même on pouvait se passer d'un chanteur;
— Mais se voir sans un seul de ces rats au pied leste !
Que deviendrait l'État, si le courroux céleste
Prolongeait quelque temps encore un tel malheur?

Le jeune Pipistroff s'y prit mal, pour tout dire.
Son successeur trouva de meilleurs arguments.
Juan savait à propos appuyer un sourire
D'un éventail d'ivoire orné de diamants;

Avec une peau d'ours, ou bien un cachemire,
Prouver que la Russie a des hivers charmants.

Sa parole donnait une grâce infinie
Aux bords de la Néva souvent dépréciés.
Sans doute ils n'offraient point les aspects variés,
Les soleils rayonnants de la tiède Ausonie;
Mais partout, en Finlande, et même en Laponie,
Les entrechats étaient fort grassement payés.

Les roubles y pleuvaient comme une ondée heureuse
Sur les pas de Phyllis, de Chloris, de Psyché;
— Depuis Pierre le Grand la Russie a marché;
Elle goûte les arts en fine connaisseuse. —
Tout prince venait mettre aux pieds d'une danseuse
Sa fortune — et son cœur par-dessus le marché.

L'émotion fut vive au camp des bayadères.
Séduites tout d'abord, les nymphes des ballets
Autour de l'Espagnol tendirent leurs filets.
On lui sacrifia des ducs millionnaires.
Les cœurs s'ouvraient ainsi que des portes cochères.
Don Juan reçut par jour plus de trente billets.

Mais le seigneur Don Juan, malgré sa politesse,
Ne pouvait accueillir tant de monde à la fois.
Ces dames tour à tour faisaient valoir leurs droits :
Celle-ci de ses pieds vantait la petitesse ;
L'autre avait refusé le titre de comtesse ;
Une autre avait réduit Turcaret aux abois.

Plusieurs, contenant mal leur aigre jalousie,
Tout en pirouettant, jouèrent du stylet.
Florine et Malvina se prirent au collet,
— Je veux dire aux cheveux ; — et, dans sa frénésie,
Laïs mit en lambeaux le maillot d'Aspasie.
Même on se disputa Don Juan au pistolet.

Impérissable honneur pour la diplomatie !
Succès que d'âge en âge on se répétera !
La sémillante Esther, la rêveuse Sara,
La brune Dolorès et la blonde Lucie
Trois semaines après partaient pour la Russie ;
— Et le soir, on joua *Relâche* à l'Opéra.

Disposer à son gré de la foudre captive,
A ses concitoyens rendre la liberté,

Ramener au devoir une foule rétive,
C'est beau! mais enrichir sa patrie adoptive
De ces trésors de grâce et d'amabilité,
C'est encore plus beau, plus grand, en vérité!

Le lendemain, Paris apprenait avec joie
Qu'une entente parfaite unissait les deux cours;
Qu'elles se prêteraient un mutuel concours;
Que l'on allait filer des jours d'or et de soie;
Qu'un traité de commerce était en bonne voie;
Que l'on tenait la paix cette fois pour toujours.

Si l'on payait l'impôt en faisant la grimace,
Si l'on achetait cher le poivre et la mélasse,
La France remportait un triomphe réel.
Les placides bourgeois du quartier Montparnasse
Jurèrent leurs grands dieux que le règne actuel
Était un des plus beaux qu'eût éclairés le ciel.

C'est ainsi que Don Juan, à force de souplesse,
De tact, arrangeait tout sans jamais rien froisser;
Que dans l'opinion il grandissait sans cesse,
Et que l'on s'écriait, en le voyant passer :

Heureux mortel! un jour, son auguste maitresse
—De la main gauche, au moins, — pourra bien l'épouser.

Juan se multipliait, — au Bois, à la Sorbonne,
Au sermon, au théâtre, un peu partout, enfin;
Partout donnant le ton, comme ce bon Pétrone;
Observant, observé. — Quoique patricien,
Notre illustre Espagnol ne dédaignait personne.
Il visitait souvent le docteur Trissotin.

C'était un savantasse à figure de fouine,
Tout hérissé d'hébreu, de grec et de latin.
Il annotait Macrobe ou Perse, le matin,
Déterminait un sens, cherchait une racine,
Et, quand venait le soir, surveillait la cuisine.
Il eût pu, sans effort, parler samaritain.

Avant tout, il fallait qu'on fût mort pour lui plaire.
Les vivants — « Fi! l'horreur! » — n'étaient rien à ses yeux.
« Les vivants n'avaient point de renom séculaire;
« Les vivants radotaient; mieux eût valu se taire;
« Les morts avaient tout dit. » — Ces pédants ennuyeux,
Comme les savetiers, ne travaillent qu'en vieux.

L'assommant Scaliger en lui semblait renaître.
Pour lui les vieux bouquins seuls avaient des appas :
S'il eût connu Balzac, il l'eût mis à Bicêtre;
Au-dessus de Voltaire, il plaçait Dubartas.
Comment Cyrus mourut, il le savait peut-être;
Comment vivait sa fille, il ne s'en doutait pas.

Jeune encore, il avait découvert à Palmyre
Un manuscrit arabe, hélas! fort altéré;
Dans le volume entier pas un mot qu'on pût lire.
C'eût été pour tout autre un cas désespéré;
Mais Trissotin comprit, et bientôt il sut dire
De quoi traitait l'auteur par ses soins restauré.

Fixer, à six mois près, l'âge du père Anchise,
Les langues qu'on parlait dans la tour de Babel,
La grosseur des raisins dé la Terre Promise,
L'habillement complet du grand prêtre de Bel,
Dire qui fabriqua la première chemise,
N'avait été qu'un jeu pour l'homme universel.

Après quinze ans d'étude, il avait eu la gloire
De trouver que Memnon porta des cheveux roux.

Attaqué sur ce point par des savants jaloux,
Trissotin, compulsant de nouveau son histoire,
Les força d'avouer que la barbe était noire,
Mais que lesdits cheveux étaient roux, et bien roux.

Il lisait couramment Pindare et les Pythiques;
La Cabbale pour lui n'avait pas de secrets;
Il avait lu Baruch, et traduit en distiques
Les livres sibyllins, Montaigne, Rabelais,
Le Coran, le Talmud et les Cynégétiques.
C'était un peu moins clair; mais aussi quel succès!

Ses ouvrages, tirés à dix mille exemplaires,
Jusqu'au dernier passaient aux braves Allemands,
Qui les enrichissaient de profonds commentaires.
L'argent coulait à flots de la main des libraires;
Et l'heureux traducteur, admiré des savants,
Se croyait un grand homme et vivait d'ortolans.

Madame élucubrait des vers académiques
Où figurait *bel astre* avec *fatal laurier*,
— Dithyrambes, sonnets, odes philanthropiques;
Et chacun d'applaudir et de se récrier :

Les admirables vers! Dieux! comme ils sont classiques!
Par Phébus! quels trésors au fond d'un encrier!

Le mari publiait (journal littéraire
Où les vers de madame étaient les seuls admis;
Où les Veuillots du temps cherchaient noise à Voltaire
A propos de Cresphonte et de Sémiramis;
Où les auteurs sifflés persiflaient le parterre;
Où l'on se caressait l'épiderme, entre amis.

Pour chaque événement elle avait son programme;
Force interjections de joie ou de douleur.
Mais son fort — ou son faible — était l'épithalame.
On l'entendait toujours chanter la même gamme :
— O bonheur! ô tendresse! ô tendresse! ô bonheur! —
L'Amour de myrtes verts couronnait la Valeur.

Alors, dans son extase, elle aimait à prédire
La naissance de rois plus ou moins absolus,
Leur beauté, leurs talents, leurs grâces, leurs vertus.
« — Jeune enfant, reconnais ta mère à son sourire.
« En ta faveur le ciel, la terre, tout conspire.
« Pour le monde charmé tu seras Marcellus! » —

Un prince daignait-il venir à la lumière,
On entendait gaiment chanter le rossignol.
D'un prince le trépas fermait-il la paupière,
A la clef sur-le-champ on mettait un bémol.
Elle savait partout arriver la première.
Elle complimentait même le Grand Mogol.

Ces tristes vers, tombés de sa féconde plume,
Ces vers d'où le bon sens toujours se vit exclu,
Auraient eu grand besoin d'être mis sur l'enclume,
Bien que l'auteur parlât d'un ton fort résolu.
Ils formaient chaque année un énorme volume,
Très-brillant, très-coquet, très-vanté, très-peu lu.

Le portrait de madame ornait le frontispice.
On la représentait une lyre à la main,
Interrogeant le ciel comme une Pythonisse,
Le front ceint de lauriers, comme un consul romain.
Auprès d'elle veillait la lampe inspiratrice.
— Le tout fort proprement imprimé sur vélin.

Toutes ces pauvretés aux parfums somnifères,
Offertes par l'auteur, couraient le monde entier.

Le ballot franchissait lestement les frontières,
Et passait, vierge encor, du prince à l'épicier;
— Mais on remerciait avec des tabatières,
Un châle, une pelisse, une épingle, un collier.

Vous me demanderez ce que diable allait faire
Notre seigneur Don Juan dans cet intérieur.
Il appréciait peu l'histoire ou la grammaire,
Et, quand il était seul, en riait de bon cœur.
Pourquoi respirait-il cette lourde atmosphère?
— C'est que Don Juan aimait la fille du docteur.

Une adorable enfant, comme en peint le Corrége;
— Pour la représenter, il faudrait un pinceau. —
Un teint frais et vermeil; des roses, de la neige;
Son beau corps ondulait plus souple qu'un roseau,
Et ses cils... Ah! quels cils! Aux plumes du corbeau
Ils semblaient emprunter leur couleur... Mais j'abrége.

Lecteur, vous finirez le trait inachevé.
— Quand Juan fit au docteur sa première visite,
Laure allait épouser un pédant émérite,
Très-riche, déjà vieux, mais fort mal conservé.

Certes, ce n'était point ce qu'elle avait rêvé.
Thersite, cousu d'or, n'en est pas moins Thersite.

Laure avait dix-huit ans, et sa timidité
De son cœur témoigne la naïve ignorance.
Elle avait la candeur, la grâce, l'innocence;
Les anges s'inclinaient devant sa pureté,
Et le monde avec eux était d'intelligence.
Mais en elle Don Juan ne vit que la beauté.

Comme le daim blessé qui cherche dans sa fuite
Un abri pour souffrir loin de l'œil du chasseur,
La pauvre enfant d'abord veut fuir son propre cœur.
Rien ne peut apaiser le trouble qui l'agite.
Tour à tour une image adorée et maudite
La jette dans l'extase, ou la glace de peur.

Mères qui ne songez qu'à marier vos filles
Avec un sac d'écus, — ou même de gros sous,
Traitant de préjugés, ou traitant de vétilles,
Ces liens que l'amour forme entre deux époux;
Qui le représentez tout couvert de guenilles,
Hideux, accompagné d'une troupe de fous;

Ah ! si, pour leur ouvrir une route bénie,
L'amour d'autres couleurs se montrait revêtu ;
Si vous leur appreniez que l'amour, c'est la vie ;
Qu'il relève le front et le cœur abattu ;
Si vous laissiez comprendre à leur âme ravie
Que c'est plus qu'un bonheur, — que c'est une vertu !

Mais non ; vous étouffez à plaisir dans leur âme
Ce chaste et doux rayon par Dieu même allumé ;
Vous proscrivez l'amour comme une chose infâme ;
Puis, lorsque vous croyez ce cœur inanimé,
Triomphantes alors, vous condamnez la femme
A subir un époux qui ne peut être aimé.

Elles savent tracer d'une écriture nette
Inconsidérément, irrévocablement ;
Elles savent tirer des sons d'une épinette,
Sans que rien dans leur cœur réponde à l'instrument ;
Tenir un éventail, et faire une toilette
Qui leur vaudra peut-être un fade compliment.

Elles savent un peu de tout : de la logique,
De l'équitation, de l'anglais, du dessin,

Du calcul, de l'histoire, — un peu de botanique,
Assez pour distinguer un chou-fleur d'un jasmin;
Mais à leurs yeux toujours, comme l'Isis antique,
On a soigneusement voilé le cœur humain.

On proscrit sans pitié les choses sérieuses.
— Prenez garde! sous l'herbe un serpent est caché! —
Pour être bienvenu près de l'archevêché,
On donne pour pâture à ces enfants rieuses
L'insipide ramas de sornettes pieuses
Que le libraire Mame édite à bon marché.

Il semble qu'on ait peur de voir l'intelligence
Librement éclairer ces fronts doux et charmants.
« — Dieu s'est trompé : sans doute, à leur adolescence
« Il eut tort d'accorder l'esprit, l'âme et les sens.
« Réparons cette erreur, et de la Providence
« Loin d'elles écartons les dangereux présents. »

O profanation des œuvres les plus belles
Où se complaise l'art du divin ouvrier!
Si la bigoterie embrouille leurs cervelles,
C'est pis encore : on peut sans crainte parier

4.

Qu'elles s'abêtiront à faire des chapelles
Avec des Bons-Jésus et des croix de papier.

Et voilà donc, hélas! comment on les façonne
Au joug qui sur leur tête avant peu va poser!
Fort bien! obéissez au maître qu'on vous donne,
Si jusqu'à son esclave il daigne s'abaisser!
Silence! On n'admet pas que la brute raisonne,
Ou que le végétal s'avise de penser.

Mais vienne l'inconnu tenter ces filles d'Ève!
Alors, s'éveille un fou qui n'était qu'endormi.
Le cœur bat la chamade et passe à l'ennemi.
On veut vivre, après tout; réaliser son rêve;
Comme la passion ne fait rien à demi,
On part. — Laure et Don Juan sont partis pour Genève.

Le lac est apaisé. Le ciel rit, calme et pur.
La voile se déploie au souffle de la brise.
Le gouvernail, viré par un bras ferme et sûr,
Crie, et la nef s'élance, et, vers la proue assise,
Une fée, aux cheveux que le soleil irise,
Sème des perles d'or sur un tapis d'azur.

Quel bonheur de laisser la barque indifférente,
Au tomber de la nuit, aux premiers feux du jour,
Raser, comme un oiseau, l'eau bleue et transparente,
Et d'aspirer le frais dans la brise odorante,
Et de pouvoir, ému, saluer tour à tour
Coppet, cher à l'esprit, Clarens, cher à l'amour!

O Corinne! O Saint-Preux! Vos noms, vainqueurs des âges,
Aussi doux qu'un sourire, aussi doux qu'un baiser,
Vos noms planent encore au loin sur ces rivages,
Sur ces monts, sur ces flots qu'ils semblent apaiser...
Mais Coppet et Clarens étaient d'obscurs villages,
Lorsque nos deux amants vinrent s'y reposer.

Tantôt ils exploraient les riantes vallées
Où la vigne, bravant l'aquilon redouté,
Couvre de pampres verts les roches éboulées;
Tantôt ils parcouraient les gorges désolées
Où, si votre cheval fait un pas de côté,
Vous tombez dans l'abime et dans l'éternité.

Ils allaient, ils allaient tous deux à l'aventure,
Le cœur rempli d'amour et de joie oppressé.

Majestueux sapins à la sombre verdure,
Flots roulant sur un lit de mousse tapissé,
Vous versiez en leur âme, ô splendide nature,
L'oubli de l'avenir et l'oubli du passé !

Sur ton front couronné de glaces éternelles,
Tu les vis tous les deux, solitaire Gemmi (5),
Poser leurs longs bâtons et leur pied affermi,
Alors qu'autour de toi, de ses clartés nouvelles
L'aube empourprait les monts, jalouses sentinelles
Qui surveillaient au loin le vallon endormi.

Inden les séduisit par son frais paysage,
Inden où, dans les prés que féconde son eau,
Murmure la Dala sous un épais feuillage.
Juin ramenait les fleurs ; c'était fête au hameau.
Les hommes et le ciel, partout sur leur passage,
Souriaient à ce couple et si jeune et si beau.

Le doux rayonnement des lueurs sidérales,
L'hymne du rossignol éveillé dans les bois,
Les sons purs et voilés des flûtes pastorales,
Ces pics, âpre séjour de l'aigle et du chamois,

Ces vapeurs que le vent déroulait en spirales,
Tout exaltait leur âme et leurs sens à la fois.

Seuls dans le monde entier, ils oubliaient ensemble
Ce que la main du sort peut contenir de maux.
Amour, tu perdis Troie! Amour... Mais il me semble
Que le souffle à la fin manque à mes chalumeaux.
Au milieu des glaciers notre Muse qui tremble
Court vainement après la pensée et les mots.

Dieu sait où nous allons; car je ne le sais guère.
Aristote viendra nous donner son avis.
D'ailleurs, ne faut-il pas, à l'exemple d'Homère,
Sommeiller quelquefois? écrire à ses amis?
Jouer avec ses chats? se raser, grande affaire?
Vous vous le permettez; je me le suis permis.

Plus tard, nous reprendrons notre œuvre poétique.
On y verra, classés par ordre alphabétique,
Bien d'autres nations et bien d'autres climats :
La Sibérie, avec son voile de frimas,
La Sicile, Tanger, peut-être l'Amérique;
Enfin, l'on y verra... Que n'y verra-t-on pas?

CHANT III

Italie! Italie! on te plaint; on t'admire.
Tes lacs n'ont rien perdu de leur limpidité;
Ton soleil a gardé son éternel sourire;
Sur ton sol généreux par l'hiver respecté,
Le citronier fleurit au souffle du zéphire;
Il ne te manque rien, rien — que la liberté (1)!

Laure et Juan prolongeaient à dessein leur voyage.
Le ciel était si doux, si pur, si radieux!
La nature pour eux semblait prendre un langage :
Les oiseaux, des forêts hôtes mélodieux,
La brise dans les pins, l'onde sur le rivage,
Tout leur disait : Aimez! vivez! soyez heureux!

Ils virent le Tessin, l'Adige, le Métaure
Près duquel se joua l'honneur du nom romain ;
Le Pô majestueux roulant une eau sonore
A travers ce pays qu'il transforme en Eden ;
Venise qui n'a plus, hélas ! son Bucentaure ;
Milan sur qui pesait le joug autrichien.

Lorsque Juan arriva dans la ville éternelle,
Le carnaval joyeux agitait ses grelots ;
Arlequin bataillait avec Polichinelle ;
Sauvages, débardeurs, paillasses, matelots,
Aux sons de la guitare, au bruit de la crécelle,
Riant, criant, hurlant, roulaient comme des flots.

Tandis que les accords lointains de la musique
Apportaient à Don Juan leur murmure affaibli,
Debout sur les débris d'un mausolée antique
Qui n'avait pu sauver ses hôtes de l'oubli,
Pensif, il contemplait d'un œil mélancolique
Ce passé fastueux sous l'herbe enseveli.

L'esprit le plus léger parfois aime à descendre
Dans l'abîme sans fond par la mort habité.

Avide, il y recherche, il espère y surprendre
Le mystère entrevu de la réalité.
L'orgueil même s'apaise auprès d'un peu de cendre,
Et sur des ossements rêve à l'éternité.

Tout passe; tout s'en va. Le temps rapide entraîne
Les noms déshonorés et les noms glorieux.
Quoi! n'est-il donc pour nous qu'une chose certaine,
C'est qu'il faut renoncer à la clarté des cieux?
Nous foulons en marchant de la poussière humaine;
L'air que nous respirons est plein de nos aïeux.

Certes, je ne crois pas à la métempsychose :
— Pythagore est un fou qui vaut moins que Pyrrhon. —
Mais le corps se dissout. Malgré l'apothéose,
Claude brûlé devient peut-être un potiron;
Ce qui fut Cléopâtre est peut-être une rose.
L'âme va... — Qui sait où? — Voilà la question.

Du ciel plus d'un génie a tenté l'escalade,
Et chacun à son tour, loin du ciel repoussé,
Est tombé lourdement, de sa chute froissé :
Sous le doute qui germe en sa tête malade,

Pascal est écrasé comme un autre Encelade ;
Byron vit malheureux, Haller meurt insensé.

Aux regards indécis projetés par la lune,
Juan vit un inconnu qui lui tendait la main,
— Pâle, maigre, en haillons. — « Si je vous importune,
« Pardonnez-moi, seigneur ; c'est que je meurs de faim. »
Profondément ému d'une telle infortune,
Don Juan sans hésiter fit l'aumône au Romain.

Il était jeune encor ; mais de sombres pensées
Avaient déjà ridé ce front intelligent.
« — Vous le savez, dit-il, pour les âmes blessées
« Les vers, bons ou mauvais, sont un baume excellent.
« Pardonnez, en songeant à nos gloires passées,
« Le souvenir amer qui m'inspire ce chant. »

I

Rome s'étourdissait au bruit des saturnales.
Un jour, dans le Forum, aux tribunes rostrales,
Pour haranguer le peuple un homme vint s'asseoir.

Sa voix, comme un remords, tomba sur l'assemblée,
Et sur ses droits perdus Rome un instant troublée
     Versa des larmes jusqu'au soir.

II

« Enfants dégénérés que maudiraient leurs pères,
« Des antiques héros dispersez les poussières !
« Jetez aux vents Brutus avec Publicola !
« Esclaves sur la terre où régnaient vos ancêtres,
« Contentez-vous, Romains, puisqu'il vous faut des maîtres,
     « D'un Claude ou d'un Caracalla !

III

« Pourvu que votre Prince, aux courses des arènes,
« D'un cheval indompté sache tenir les rênes ;
« Que par lui le premier le stade soit franchi,
« Et que, pour amuser le peuple un jour de fête,
« Aux haches des licteurs il livre quelque tête
     « De courtisane ou d'affranchi ;

IV

« Aux dépens du Trésor pourvu qu'il entretienne
« Les pompeux monuments de la voie Appienne ;
« Que de gladiateurs il peuple la cité,
« Et qu'en vous bâillonnant, ô nation frivole,
« Il daigne vous laisser au front du Capitole
    « L'image de la Liberté ;

V

« Qu'importe qu'embrasant nos villes désarmées,
« Sur les remparts détruits d'innombrables armées
« S'en viennent arborer leur sanglant étendard ?
« Qu'importe après cela, qu'importe que l'Empire
« Comme une toge usée en lambeaux se déchire,
    « S'il reste un palais à César ?

VI

« Quand le tonnerre gronde et que la foudre éclate,
« Un drapeau n'est-il donc qu'un morceau d'écarlate
« Avec deux ou trois clous mis au bout d'un bâton?
« Romains, quand on n'a pu défendre ses murailles,
« On peut, du moins, encor s'arracher les entrailles,
    « Si l'on a l'âme de Caton. »

VII

Mais Rome, abandonnée à l'éternelle orgie,
Voyait, aux doux accords des flûtes de Phrygie,
Passer sans s'émouvoir les révolutions.
Du tribun courageux la voix fut oubliée;
Puis, un jour, on apprit que Rome était rayée
    Du grand livre des nations!

— Traduire m'a paru toujours fort difficile;
Quoi que l'on fasse, on rend les choses à demi.

Il est bien temps, je crois, de prendre un autre style ,
Mon style, s'il vous plait, ô lecteur ennemi.
— Laure et Don Juan voulaient aller jusqu'en Sicile...
— Faudra-t-il s'arrêter pour une rime en *mi ?* —

Ils suivaient tout pensifs, comme dit Jean Racine,
Le chemin qui conduit de Rome à Terracine,
Séjour du mauvais air et des coupe-jarrets.
Si vous le désiriez, ô lecteur, je pourrais
Vous faire en deux cents vers un cours de médecine
Et peindre *in extenso* la fièvre de marais.

Je pourrais disserter sur l'horrible malaise
Par lequel on se sent de jour en jour miné,
Marier avec art la quinine au séné,
Ouvrir une savante et longue parenthèse
Où je m'abriterais, pour soutenir ma thèse,
Derrière Swammerdam, Avicenne et Linné.

Mais je n'ai pas si vite oublié ma promesse
D'observer en tous points les règles de Boileau.
Foin des digressions ! — Don Juan et sa maîtresse,
C'est-à-dire, l'amour, la grâce et la jeunesse,

Modestement conduits par un *vetturino*,
Atteignirent les bords du Garigliano.

Autour d'eux s'étendait un paysage austère.
Quelques pins rabougris se penchaient sur les eaux,
Tout se taisait au loin, le vent et les oiseaux.
Comme pour animer le fleuve solitaire,
Des buffles, secouant leur tête large et fière,
Fuyaient, épouvantés, en broyant les roseaux.

— Ovide a supposé qu'en un désert stérile,
Le chantre du Rhodope, avec ses doux concerts,
Attire le cyprès au feuillage immobile,
Le peuplier, l'yeuse aux rameaux toujours verts,
Le myrte, le laurier, l'orme, le frêne, utile
Pour fabriquer des traits, — et pour remplir un vers ; —

Le hêtre, le tilleul, l'arbre de Chaonie,
Le buis, le coudrier, le saule, le sapin,
Le figuier, le lotus, — une forêt, enfin,
Où les commentateurs promènent leur manie... (2)
Du chantre aux doux concerts que n'ai-je l'harmonie
Pour donner un peu d'ombre à ce triste chemin ! —

Pour se désaltérer Laure et Juan descendirent ;
S'abritant de leur mieux des ardeurs du soleil,
Sur l'herbe, à quelques pas du fleuve, ils s'étendirent.
Tous deux ils se livraient aux douceurs du sommeil,
Quand un coup de sifflet et des cris retentirent,
— Chose peu rassurante en un désert pareil.

Quinze ou seize brigands armés de carabines,
De sabres, de fusils, de poignards, de tromblons,
Sortirent tout à coup des broussailles voisines.
Contraints d'abandonner la ville aux sept collines,
Ces honnêtes Romains, échappés des prisons,
Levaient sur le public leurs contributions.

Du reste, ils n'avaient point la mine refrognée
Que donne à ses héros l'illustre Salvator.
Si ma muse sur eux n'est pas mal renseignée,
Ils portaient noblement une barbe soignée,
Disaient tous le *Pater* et le *Confiteor*.
Leur seul petit défaut était la soif de l'or.

Mais, hélas ! où trouver ces natures parfaites
Qui raccommodent l'homme avec l'Humanité ?

Ils n'avaient jamais eu des notions bien nettes
Sur le respect qu'on doit à la propriété,
Et croyaient bonnement que la société
Existe tout exprès pour acquitter nos dettes

Amoureux du plaisir et de l'oisiveté,
Ils détroussaient les gens, mais avec politesse ;
Se plaignant d'obéir à la nécessité,
Ils vous assassinaient en vous traitant d'Altesse,
Et semblaient éprouver une vive tristesse
D'en venir avec vous à cette extrémité.

Don Juan peut succomber; mais il veut se défendre.
Son air glace d'effroi même les plus hardis.
A la sommation qu'on lui fait de se rendre,
Il s'élance d'un bond au milieu des bandits.
Le fer vole en ses mains ; il frappe sans entendre
Les supplications des brigands interdits.

Déjà quatre d'entre eux ont mordu la poussière,
Jurant, au désespoir de mourir sans abbés.
Au trépas en fuyant trois se sont dérobés ;
Mais les autres sont là, par devant, par derrière ;

B.

Juan, qui se multiplie, oppose pour barrière
Aux ennemis debout les ennemis tombés.

Il se bat vaillamment, il se bat avec rage ;
Car il se bat pour Laure et pour la liberté.
Mais, soudain, les bandits, que leur chef encourage,
Font feu tous à la fois. — Sous un épais nuage
Le soleil un instant se cache épouvanté.
— Quand le jour reparut dans le ciel attristé,

Agenouillés auprès de Laure évanouie,
De Laure qu'une balle avait frappée au cœur,
Les brigands essayaient de retenir la vie
Prête à fuir cette enfant moissonnée en sa fleur.
Ils étanchaient le sang... Vains efforts ! L'agonie
Répandait sur son front une mate pâleur.

Juan ne se défend plus. Il voit Laure expirante,
Et près d'elle, éperdu, s'empresse d'accourir ;
S'il ne peut la sauver, au moins, il peut mourir.
« — C'est moi, c'est Juan, dit-il d'une voix suppliante. »
Il couvre de baisers cette main défaillante,
Ces lèvres que la mort pour toujours va flétrir.

Laure entr'ouvrit les yeux et chercha la lumière ;
Elle chercha Don Juan qu'elle avait tant aimé ;
Murmura quelques mots, — peut-être une prière ; —
Puis, un sommeil de plomb pesa sur sa paupière,
Tandis que son amant, dans la peine abîmé,
Pressait, silencieux, ce corps inanimé.

Celui que les brigands traitaient de capitaine,
Beppo, — nom fort commun chez les Italiens, —
Dit à Juan : « Notre cœur ne connaît pas la haine ;
« Croyez-le, nous savons partager vos chagrins,
« Telle est, hélas ! telle est la destinée humaine ;
« Elle abonde en soucis, et chacun a les siens.

« L'existence offre à l'homme un éternel contraste.
« Prisonnier aujourd'hui, demain en liberté,
« Il change à tout moment de fortune, de caste,
« De mœurs, de sentiments, si bien qu'en vérité,
« Je dirais volontiers avec l'Ecclésiaste :
« Vanité ! Vanité ! Tout n'est que vanité !

« Qu'est-ce donc que la gloire ? Une clameur douteuse
« Partant de quelques sots assemblés en troupeau.

« La gloire ? Un lampion dont la mèche fumeuse
« Ne nous éclaire pas dans la nuit du tombeau ;
« Un phare tremblotant sur une mer brumeuse ;
« Un chiffon dont chacun vous arrache un lambeau.

« La science ? Ah ! morbleu ! comment ne pas sourire
« Lorsque l'on voit des gens, graves dans leur maintien,
« Affirmer certains faits que d'autres vont détruire ?
« L'un se croit géologue, et l'autre historien.
« La science ! Bons dieux ! je n'en veux pas médire ;
« Mais tout ce que je sais, c'est que je ne sais rien.

« Et l'amour, qu'est-ce donc, seigneur ? Une étincelle
« Qui jaillit de l'œil noir d'une jeune beauté,
« Qui traverse le cœur, et qui laisse après elle
« Plus d'ennui, plus de froid et plus d'obscurité.
« — C'est mon opinion, du moins. — Je vous rappelle
« Le proverbe fameux que je vous ai cité. »

Mais Don Juan ne prêtait qu'une oreille distraite
Aux consolations de l'éloquent Beppo.
Déjà la bande, avec une grâce parfaite,
Avait débarrassé Don Juan de son manteau,

Pris en un tour de main ses armes, sa cassette,
Sa montre, ses bijoux, et même son chapeau.

Le butin partagé, les brigands décampèrent,
Emmenant avec eux l'Espagnol prisonnier
De qui leur chef prenait un soin particulier.
De crainte des voleurs, nuit et jour ils marchèrent,
Côtoyèrent longtemps le fleuve, et s'arrêtèrent
Près d'un vaste manoir à l'aspect singulier.

— Voyez à quel abus peut conduire la rime !
Singulier me paraît un mot très-mal choisi,
P....., j'en suis certain, va m'ôter son estime ;
R....., me traiter de pécheur endurci.
Comme j'aurais bien fait de garder l'anonyme !
Mais, ô Muse, pourquoi me compromettre ainsi ? —

Entouré de marais que formait la rivière,
Défendu par des tours d'une énorme hauteur,
Ce manoir, morne et sombre, inspirait la terreur.
On y pouvait braver les dragons du Saint-Père.
C'était, s'il faut le dire, un horrible repaire,
Mais dont les murs avaient douze pieds d'épaisseur.

Je ne décrirai pas en style d'antiquaire
Tous les lourds ponts-levis que Don Juan vit baisser,
Ni chaque bastion, ni chaque meurtrière.
Le lecteur indulgent voudra bien m'excuser.
Ces détails, à coup sûr, n'intéresseraient guère,
Je ne précise rien ; on peut tout supposer.

Je poursuis. — Juan avait une faim effroyable,
Beppo, — car, dans le fond, c'était un bon vivant ; —
Beppo fit à Don Juan les honneurs de sa table,
Lui servit des mets froids qu'il arrosa souvent
D'un *Lacryma Christi* garanti véritable,
Vu qu'on l'avait tiré des caves d'un couvent.

Don Juan s'émerveillait de tant de courtoisie,
Beppo, lui remplissant son verre jusqu'aux bords :
« Nous possédons, dit-il, une cave choisie,
« Du Xérès, du Madère à réveiller des morts.
« Rien de bon, selon moi, comme le Malvoisie
« Pour éclaircir la bile et chasser les remords.

« Notre âme est un sujet que l'estomac gouverne ;
« Tel est le sentiment d'un philosophe ancien.

« Seigneur, vous connaissez l'École de Salerne

« Où d'un éclat si vif a brillé Galien?

« Tout est là, n'est-ce pas? J'ai soufflé ma lanterne

« Le jour où j'ai trouvé ce grand praticien.

« —Tête froide et pieds chauds.—Admirable aphorisme!

« Car il n'est ici-bas qu'un seul bien, la santé.

« Ajoutez-y l'argent avec la liberté.

« Le reste n'est, seigneur, que du charlatanisme.

« Il faut être affligé d'un triple crétinisme

« Pour ne pas convenir de cette vérité.

« A tout prendre, le monde est comme une partie

« Où beaucoup de joueurs, dans leur espoir trompés,

« Corrigent le hasard, et, d'une main hardie,

« Savent battre monnaie avec des dés pipés.

« Qu'importent les moyens? Le succès justifie,

« Et la honte n'atteint que les joueurs dupés.

« Être dupe ou fripon. — C'est, après tant de guerres,

« De recherches, d'efforts, de travaux insensés,

« De préceptes divins, de lois humanitaires,

« De révolutions, d'encre et de sang versés,

« C'est là le double écueil où les destins sévères
« Nous poussent malgré nous en disant : Choisissez.

« Que voulons-nous, d'ailleurs? Rétablir l'équilibre
« Entre le riche et nous. — Dans la société,
« L'honnête homme est réduit à la mendicité.
« Sur les bords de la Seine et sur les bords du Tibre,
« Grâce à l'or qu'il ravit, le brigand seul est libre;
« — Je vais plus loin, seigneur; — il est seul respecté.

« Regardez, s'il vous plait, tous les faiseurs d'affaires,
« Pirates, intendants, procureurs, négriers,
« Tous ces fesse-mathieux qu'on traite de banquiers;
« Quand leur habileté les sauve des galères,
« Dans les processions ils portent les bannières,
« Et trônent fièrement au banc des marguilliers.

« Ne faut-il pas avoir sa petite industrie,
« Puisqu'on ne saurait vivre en se croisant les bras?
« Que n'entrez-vous, seigneur, dans notre confrérie?
« On peut mourir pendu; mais, trépas pour trépas,
« J'oserais affirmer à Votre Seigneurie... »
— Par malheur, Juan dormait et ne l'entendait pas.

Quand il se réveilla, la nuit tiède et sereine,
Lentement repliée aux bords de l'horizon,
Laissait l'astre du jour illuminer la plaine ;
Dans le lointain, la mer se dessinait à peine.
Juan sentit un moment vaciller sa raison,
Lorsqu'il se ressouvint qu'il était en prison.

« — Partout on peut braver la fortune contraire ;
« On vit heureux partout, même en captivité.
« Sénèque n'a-t-il pas loué la pauvreté ? — »
Oui ; mais le philosophe était millionnaire.
— Caprice de rhéteur. — Ainsi, pour l'ordinaire,
Qui vante la prison n'en a jamais tâté.

Juan connaissait le monde et ne l'estimait guère ;
Mais il avait besoin de s'y mêler parfois.
Il aimait des salons l'enivrante atmosphère.
Derrière ces verrous, entre ces murs étroits,
Du matin jusqu'au soir, il ne savait que faire,
Et le spleen sur son cœur pesait de tout son poids.

Souvent il remontait aux jours de son enfance,
Tranquilles, abrités sous le toit maternel,

A ce bonheur perdu qu'il croyait éternel.
Cet amer souvenir redoublait sa souffrance,
Et, comme pour chercher un rayon d'espérance,
Ses yeux noyés de pleurs se tournaient vers le ciel.

Il se disait alors qu'il était bien coupable
D'avoir ouvert son âme à tant d'instincts mauvais;
Qu'il avait sous la main le bonheur véritable;
Qu'en perdant l'innocence, on perd aussi la paix,
Et que, pour le contraindre à rompre avec le diable,
C'était Dieu dont le bras châtiait ses forfaits.

Mais ce tardif retour à de sages pensées
Eveillait en son âme un incroyable ennui.
Il repoussait la grâce, et son œil ébloui
Dans le dédale obscur de ses amours passées
Voyait briller encor les belles insensées
Qui vivaient, qui mouraient, qui se damnaient pour lui...

Beppo lui dit un jour : « Le doux ciel d'Italie,
« En notre compagnie, est pour vous sans appas.
« Des goûts et des couleurs je ne discute pas;
« Mais je fais observer à Votre Seigneurie

« Qu'avant de retourner dans sa chère patrie,
« Elle doit me compter quinze mille ducats.

« Sur ce détail souffrez, seigneur, que je m'arrête.
« Sans tarder un instant, écrivez à Moscou.
« Si vers la fin du mois la somme n'est pas prête,
« Si vous ne la payez jusques au dernier sou,
« Nous aurons le regret de vous casser la tête,
« — Si mieux n'aimez, seigneur, qu'on vous torde le cou. »

Don Juan avait un oncle, évêque de Murcie,
Monseigneur Alvarez y Cabral y Souza.
Ce fut à lui d'abord que Don Juan s'adressa.
— L'argent eût mis six mois à venir de Russie. —
A son très-cher neveu, Monseigneur s'empressa
De répondre : « A vos maux, certes, je m'associe.

« Le sort vous a frappé de ses plus rudes coups.
« Dieu sait de quel chagrin j'en ai l'âme saisie,
« Et que je donnerais la moitié de ma vie
« Pour vous débarrasser de vos affreux verrous.
« Mais l'Église est si pauvre en ce temps d'hérésie !
« Je ne puis que gémir et que prier pour vous.

« C'est bâtir sur le sable et c'est graver sur l'onde,
« Comme a dit quelque part David ou Salomon,
« Que d'espérer, mon fils, aux promesses du monde. »
— Cette image si neuve, où brillait sa faconde,
Parut à Monseigneur avoir tant d'onction,
Qu'il la reproduisit dans son premier sermon. —

« Pour votre âme en péril nous ferons des neuvaines ;
« Mais, joyeux de toucher au royaume immortel,
« Détachez votre cœur des espérances vaines ;
« Soignez votre salut ; c'est là l'essentiel.
« D'indulgences, mon fils, l'Église a les mains pleines ;
« Elle vous conduira blanc comme neige au ciel. »

Or, cet oncle, — j'allais oublier de le dire ; —
Devait tout à Don Juan, même sa dignité.
Aux jours où la fortune aimait à lui sourire,
Juan l'avait soutenu près de la papauté.
Comme les papillons que la lumière attire...
Mais, bah ! qui ne connaît cette banalité ?

L'ingratitude, hélas ! c'est vieux comme la terre.
Avant et depuis Job, chacun, dans sa misère,

Rencontra des amis trop prompts à l'oublier.
Les plus compatissants viennent vous conseiller
La résignation, le calme, la prière.
— Fort bien! Mais tirez-moi d'abord de mon fumier.

« — Tirez-moi de prison, écrivait à la ronde
« Le malheureux Don Juan; non, pour quelques ducats,
« Vous ne voudriez point, j'en suis sûr, que le monde
« Pût vous jeter la pierre et vous traiter d'ingrats. »
— En pareil cas, il est très-rare qu'on réponde,
— Si rare, qu'à Don Juan l'on ne répondit pas.

Les heures, cependant, fuyaient d'un vol agile,
Et Juan n'attendait plus l'argent si désiré.
Il se voyait debout, mais près d'être enterré.
Una salus victis nullam, a dit Virgile,
Sperare salutem, — et Juan, désespéré,
Mit à profit le vers du poëte inspiré.

Don Juan se dit malade. — A travers la fenêtre
Filtrait un jour douteux propice à son dessein. —
« Il souffrait le martyre; il en mourrait peut-être;
« Mais, du moins, il voulait mourir en bon chrétien. »

— Certes, on ne pouvait lui refuser un prêtre,
Et Beppo fit venir un père capucin.

Déjà le moribond s'exprimait avec peine ;
On sentait que la tête allait s'embarrasser.
Le pouls intermittent et la vue incertaine
Montraient qu'au premier souffle il devait trépasser ;
Un horrible frisson courait de veine en veine.
— Le bon moine comprit qu'il fallait se presser.

Le pieux capucin, d'une voix chevrotante,
Lui parla de la mort et de l'éternité,
Lui vanta des élus le séjour enchanté.
« — Mon père, lui dit Juan, votre prose est touchante ;
« Mais, — vous m'excuserez, — votre robe me tente ;
« Votre froc, dans ses plis, cache ma liberté. »

Le doux religieux vit qu'il avait affaire
A trop forte partie, et que son adversaire
A sortir de prison était déterminé.
Il ne résista pas et donna son rosaire,
Son froc. — En un clin d'œil Juan encapuchonné
Laissa le capucin priant et bâillonné.

Il passa lentement et la tête baissée,
Les mains jointes, parmi les brigands à genoux.
« — Père, murmuraient-ils, père, bénissez-nous !
« Nous craignons Dieu, bon père, — et la maréchaussée.
— Et, sans lever les yeux sur leur foule empressée,
Avec un air béat, Juan les bénissait tous.

Il les bénit longtemps ; puis, gagna le rivage,
Trouvant le ciel bien pur et le soleil bien beau.
Il respirait à l'aise ; il reprenait courage ;
Il se félicitait d'avoir sauvé sa peau,
Et des larmes de joie inondaient son visage,
— Lorsque, en se retournant, il aperçut Beppo.

Que faire ? La falaise était haute, escarpée.
Sur des rochers à pic, le flot, en écumant,
Se brisait ; de leur base incessamment frappée
S'élevait un lugubre et sourd rugissement ;
Et Don Juan se voyait la retraite coupée :
Les bandits accouraient plus vite que le vent.

Les bandits accouraient, menaçants et terribles.
Don Juan n'hésita plus et se jeta dans l'eau.

— Hâtons-nous d'ajouter pour les âmes sensibles
Qu'à deux milles au large on voyait un vaisseau.
Il était, Dieu merci, dans les choses possibles
Que la mer pour Don Juan ne fût pas un tombeau.

·— Lorsqu'un infortuné jadis faisait naufrage,
— Homme ou singe, n'importe, — un dauphin complaisant,
Sans trop examiner son air ni son visage,
Arrivait juste à point pour lui donner passage.
Sur son énorme dos, esquif obéissant.
Mais ne me parlez pas des dauphins d'à présent !

Ils vous laissent couler sous la vague profonde,
Avec indifférence et sans se déranger,
Si bien que pour les gens qu'une humeur vagabonde,
Le commerce ou le spleen entraine à l'étranger,
Le parti le plus sûr, le plus sage du monde,
Est de rester à terre, ou d'apprendre à nager. —

Juan plonge, reparait, plonge encore, et respire,
Comme un homme qui veut échapper à la mort.
Le courant l'emportait tout droit vers le navire.
Rassemblant sa vigueur en un suprême effort,

Don Juan péniblement nage, non sans maudire
Le poids de ses habits, les brigands et le sort.

Par bonheur, le vaisseau demeurait immobile,
Et notre ami Don Juan avait des bras de fer.
On l'aperçut enfin quand il eut fait un mille ;
Aussitôt la chaloupe est lancée à la mer ;
On recueille Don Juan. — Don Juan et le cutter
Au bout de quinze jours abordaient en Sicile.

Ah ! j'ai rêvé souvent un voyage lointain,
Le Vésuve, l'Etna, les flots des Dardanelles,
L'inaltérable azur du ciel palermitain !...
Puis, sombre et résigné, j'ai dû fermer les ailes.
A quoi sert de porter envie aux hirondelles,
Et que nous revient-il d'accuser le destin ?

Sans crainte, sans désir, sans amour et sans haine,
Alors que mon soleil décline à l'horizon,
Je ne fatigue pas d'une prière vaine
Les murs sourds et glacés de ma triste prison ;
Je ne demande rien à cette engeance humaine,
Rien, — que six pieds de terre et qu'un peu de gazon.

6

J'avais cru rencontrer des fontaines limpides,
De vertes oasis, un ciel d'astres rempli...
J'avance : hélas! partout, partout des rocs arides,
Une route poudreuse, un ciel morne et pâli.
Mes pieds saignent; mon front et mon cœur ont des rides;
J'ai besoin de repos, de silence et d'oubli.

J'ai vu beaucoup d'orgueil dans des âmes bien basses;
J'ai vu beaucoup de gens retourner leurs habits;
J'ai vu beaucoup de nains grimpés sur des échasses,
De dévotes faisant enrager leurs maris,
Beaucoup de saints douteux adorés dans des châsses,
Beaucoup de vieux pécheurs avec des airs contrits.

Spectateur ennuyé de la farce que joue
Sur ses tréteaux boiteux la pauvre Humanité,
Je commence à trouver qu'elle est plate, et j'avoue
Qu'elle intéresse peu ma curiosité.
Acteurs souillés de lie, acteurs souillés de boue,
Cherchez d'autres claqueurs. Moi, je suis dégoûté.

Quand Schiller, consumé par le feu du génie,
Allait fermer les yeux pour ne point les rouvrir,

Joyeux, il souriait à cette heure bénie
Où l'homme ne sent plus les maux qu'il dut souffrir ;
Son oreille entendait la céleste harmonie ;
Il s'écriait : « Pour être heureux, il faut mourir ! »

Notre âme libre enfin... Mais la Muse est lassée.
O vous que Juan attache à sa longue odyssée,
S'il vous a fait parfois sourire — ou sommeiller, —
Soyez clément, lecteur, et sous votre oreiller
Glissez, pour le relire à tête reposée,
Ce chant qui pourra bien n'être pas le dernier.

FIN

NOTES

—

CHANT I

(1) Desforges-Maillard.

(2) Nous supposons qu'on a lu le poëme de Byron. Sans cela, le nôtre serait souvent inintelligible.

(3) Coutume anglaise, comme on sait, dans les cas de *criminal conversation*.

(4) Interrogez un Anglais : il vous répondra que les Irlandais sont tous des paresseux et des ivrognes. C'est possible ; mais à qui s'en prendre ? Les Ilotes, eux aussi, étaient des ivrognes et des paresseux. Les Spartiates auraient-ils eu bonne grâce à s'en plaindre, après les avoir abrutis ?

(5) Roman de Fenimore Cooper.

(6) Voir *Tristram Shandy*.

CHANT II

1) On se rappelle le mot du prédicateur italien : *Ecco, ecco il vero pulcinello.*

(2) Lord Byron conduit son héros au siége d'Ismaïl, qui eut lieu en 1789. — En rétrogradant de quelques années, nous avons commis sciemment un anachronisme. Que n'est-ce le seul !

(3) La Grande Chaumière n'existe plus depuis longtemps. — Remarque judicieuse d'un ami de l'auteur.

(4) Le sigisbéo des Italiens.

(5) Montagne de Suisse, entre le Valais et l'Oberland.

CHANT III

(1) Ces vers ont été composés avant que l'Italie eût recouvré son indépendance.

(2) Rien d'amusant comme la plupart de ces messieurs avec leurs observations. Que de belles choses auxquelles les auteurs n'ont jamais songé ! — Un de ces ingénieux critiques soutient que dans le vers de Virgile :

Et mœstum illacrymat templis ebur æraque sudant,

les deux brèves d'*ebur* peignent admirablement les deux larmes qui coulent sur les joues des statues. — Un autre assure qu'Homère, en écrivant διαπρήσσουσα κέλευθον, exprime par la longueur du mot le sillage du navire.

La plus curieuse dissertation de ce genre est celle de l'abbé d'Olivet sur le vers du *Lutrin* :

Soupire, étend les bras, ferme l'œil et s'endort.

Elle n'a pas plus d'une page et demie.

OUVRAGES DU MÊME AUTEUR :

HEURES-D'OUBLI............... Un vol. in-18.
.... Un vol. in-18.

PARIS. — IMPRIMERIE L. POUPART-DAVYL, RUE DU BAC, 30

Bibliothèque

D'ÉDUCATION ET DE RÉCRÉATION

ÉDITONS IN-18 SANS VIGNETTES

JEAN MACÉ. *Histoire d'une bouchée de pain*; lettres à une petite fille sur la vie de l'homme et des animaux. 19e édition. . . . 3 »

— *Les Serviteurs de l'estomac*, pour faire suite à l'*Histoire d'une bouchée de pain*. 3e édition. 1 vol. . . . . 3 »

— *Les Contes du petit château*. 3e édition. 1 vol. . . . . . 3 »

— *Le Théâtre du petit château*. 1 vol. . . . . 2 »

— *L'Arithmétique du grand-papa*; histoire de deux petits marchands de pommes. 9e édition . . . . 3 »

ERCKMANN-CHATRIAN. *La Guerre*. 4e édition. . . . . . . 3 »

— *L'Invasion ou le Fou Yégof*. 9e édition. . . . . 3 »

JULES VERNE. *Cinq Semaines en ballon*; voyages de découvertes en Afrique. 9e édition. . . . . 3 »

— *Voyage au centre de la terre*. 3e édition. . . . . . . 3 »

— *De la terre à la lune*; trajet direct en 97 heures. . . . 3 »

— *Les Anglais au pôle nord*. 1 vol. . . . . 3 »

— *Le Désert de glace*. 1 vol. . . . . 3 »

CH. CLÉMENT. *Michel-Ange, Raphaël et Léonard de Vinci*. Un beau vol. 2e édition. . . . . 3 »

STAHL ET MULLER. *Le Nouveau Robinson suisse*. . . . . . 3 »

THÉOPHILE LAVALLÉE. *Les Frontières de la France*, ouvrage couronné par l'Académie française. 1e édition. . . . . . . 3 »

PIERRE GRATIOLET. *De la Physionomie et des Mouvements d'expression*; orné d'un portrait de l'auteur. 3 50

FARADAY. *Histoire d'une chandelle*; traduite par William Hughes, complétée et revue par Henri Sainte-Claire Deville; avec figures par Jules Duvaux. 3 50

MAURY (le commandant). *Géographie physique*; traduite par Margollé et Zürcher, avec une carte. . . . . 3 »

MAYNE-REID (le capitaine). *Aventures de terre et de mer*; traduites par E. Allouard. Dessins de Riou. 3 50

— *Les Jeunes Esclaves*, aventures de terre. Illustrés. . . . 3 50

F. BERTRAND (de l'Institut). *Les Fondateurs de l'astronomie moderne*. 3e édition. . . . . 3 »

ED. GRIMARD. *La Plante*, botanique simplifiée, avec une préface de Jean Macé. 2 vol. 10 fr., séparément. . . . . 5 »

PRINCIPES DE LITTÉRATURE. *Conseils à une mère sur l'éducation littéraire de ses enfants*, par A. Sayous. Un beau vol. in-18. br. 3 »

Conseils à une mère sur l'éducation littéraire de ses enfants, par A. Sayous. 1 vol. . . . . 3 »

ROULIN, membre de l'Institut. *Histoire naturelle et souvenirs de voyages*. 1 vol. . . . . 3 »

A. BERTRAND. *Lettres sur les révolutions du globe*. 1 vol. . 3 50

ZÜRCHER et MARGOLLÉ. *Les Tempêtes*. 1 vol. . . . . . . 3 »

D. ORDINAIRE. *Dictionnaire de mythologie*. 1 vol. . . . . 3 »

Mme MARIE PAPE-CARPENTIER. *Le Secret des grains de sable, ou Géométrie de la nature*. . . . . 3 »

PARIS. — IMPRIMERIE L. TOUPART-DAVYL, RUE DU BAC, 30.